젊은 베르테르의 슬픔

요한 볼프강 폰 괴테 지음·윤도중 옮김

허밍버드
Hummingbird

일러두기

· 이 책의 주는 옮긴이의 주입니다.
· 원서에 포함된 주는 '원주'라고 표시했습니다.

차례

나는 불쌍한 베르테르의 이야기에 관해 찾을 수 있는 것은 무엇이든 열심히 모아서 여기 독자 여러분에게 내놓는다. 여러분이 이런 노력을 고마워하리라 믿는다. 여러분은 그의 정신과 성격에는 경탄과 애정을, 그의 운명에는 눈물을 금치 못할 것이다.

그리고 베르테르와 똑같은 충동을 느끼는 그대 착한 영혼이여, 그의 고뇌에서 위안을 얻기 바란다. 그리고 만약 운명에 의해서나 자신의 잘못으로 가까운 친구가 없다면 이 작은 책을 친구로 삼기 바란다.

제1부

이렇게 떠나오니 얼마나 기쁜지! 사람의 마음이란 정말 알다가도 모르겠다! 너를 하도 좋아해서 너와 헤어질 수 없을 것 같더니만 막상 네 곁을 떠나와 이렇게 기뻐하다니! 이런 나를 용서해 주리라 믿는다. 너 말고 내가 인연을 맺은 다른 사람들은 마음이 나 같은 사람을 불안하게 하려고 운명이 애써 가려 뽑지 않았나 싶다. 불쌍한 레오노레! 그렇지만 내 죄는 아니었다. 그녀 여동생의 매력적인 변덕에 끌려 마음 편하게 대화를 나누고 지내는 사이 불쌍한 레오노레의 가슴속에 나에 대한 열정이 불타올랐으니 난들 어쩌겠나? 그렇지만 과연 나한테 아무 책임도 없을까? 내가 레오노레의 감정을 키운 건 아닐까? 그녀가 천성을 진솔하게 드러내서 우리를 자주 웃게 했는데, 그럴 때면 나 역시 별로 우습지 않은 얘기에도 즐거워하지 않았던가? 그리고 또 나는……. 아, 이렇게 자책하다니 인간이란 대체 어떤 존재인가! 사랑하는 친구야, 약속한다. 내 처신을 고쳐 가겠다. 운명이 우리에게 던져 주는 작은 불행을 지금까지는 항상 곱 씹었지만, 앞으로는 그러지 않겠다. 현재를 즐기고 과거는 지나간 것으로 돌려 버리겠다. 친구야, 네 말이 확실히 옳다. 인간이 왜 이렇게 생겨 먹었는지 어찌 알겠냐마는, 인간은 상상력이란 상상력을 다 동원해 지나간 불행을 돌이켜 보는 데 매달리는데, 그러는 대신 그 불행을 대수롭지 않은 현재로서 감당해 간다면 사람들 사이의 고통은 훨씬 줄어들 거란 네 말이 옳다.

어머니께서 맡기신 일은 최선을 다해 처리하고 될 수 있는 한 빨리 결과를 알려 드리겠다는 말씀을 전해 주면 고맙겠다. 이모님을 만나 얘기해 봤는데 우리 집에서 듣던 것 같이 몹쓸 여자는 절대로 아니더라. 이모님은 마음씨가 아주 따뜻하고 쾌활하며 괄괄한 부인이시다. 어머니께서 유산 지분을 받지 못해 불평하신다고 했더니 이모님은 그렇게 된 이유와 사정을 설명하시곤 조건을 말씀하셨다. 그 조건만 충족되면 모든 걸, 우리가 바라던 것보다 더 많이 내주실 용의가 있으시다는 거야. 어쨌든 지금은 그 얘긴 더 자세히 하고 싶지 않다. 어머니께 모든 게 다 잘될 것이라는 말씀만 드려 줘. 친구야, 나는 이 사소한 일을 통해 아마도 오해와 게으름이 간계와 악의보다 이 세상에 더 많은 혼란을 야기한다는 사실을 다시 한번 확인했다. 적어도 간계와 악의가 더 드물다는 것만은 확실하다.

그건 그렇고, 나는 여기서 아주 잘 지내고 있다. 이 천국 같은 곳에서 고독은 내 마음을 달래 주는 귀한 진정제다. 그리고 이 청춘의 계절은 차고 넘치는 풍성함으로 움츠러들기 쉬운 내 마음을 훈훈하게 덥혀 준다. 나무면 나무마다, 산울타리면 산울타리마다 꽃이 무더기로 피었으니 쌍무늬바구미[1]가 되어 향기의 바다에서 헤엄치며 그 자양분을 빨아들이고 싶은 기분이 들기도 한다.

이 도시 자체는 마음에 들지 않는 반면 주위의 자연은 이루 형언할 수 없이 아름답다. 작고한 M백작은 이 빼어난 경관에 마음이 끌려, 아름답고 다양한 모습으로 교차하며 더없이 정겨운 계곡들을 빚어 놓은 언덕들 중 하나에 정원을 꾸몄다고 한다. 이 정원은 소박해서 그 안에 발을 들여놓는 즉시 전문적인 조경사가 아니라 감성이 풍부한 사람이 스스로 즐기려고 설계한 것임을 느끼게 된다. 나는 이미 그 정원의 작고 쇠락한 정자에서 고인을 추모하며 많은 눈물을 흘렸다. 이 정자는 고인이 즐겨 찾던 장소였는데 이제 나도 좋아하게 되었지. 머지않아 내가 이 정원의 주인이 될 것 같다. 비록 며칠 되지 않았지만, 정원사는 내게 호감을 보이니 내가 주인 행세를 한다고 해서 고깝게 여기진 않을 것이다.

---

1 딱정벌레목 바구미과의 검은색 곤충.

내 영혼은 신기할 정도로 유쾌한 기분으로 가득하다. 마
치 내가 온 마음으로 즐기는 달콤한 봄날 아침 같다. 영혼이
나와 같은 사람들을 위해 창조된 듯싶은 이 고장에서 나는
혼자이지만 내 삶을 즐기고 있다. 친구야, 나는 너무 행복하
고 이처럼 평온한 현존의 감정에 푹 빠진 나머지 내 예술이
피해를 보고 있다. 지금 나는 그림은 고사하고 획 하나 그리
지 못하지만, 이 순간보다 더 위대한 화가인 적은 없었던 것
같다. 내 주위의 정겨운 계곡에서 안개가 피어오르고, 높이
뜬 태양의 광선은 어두운 숲 속으로 뚫고 들어가지 못하고
숲 위에 머물 뿐, 단지 몇 줄기 햇살만 내밀한 성소聖所 안으
로 슬그머니 스며든다. 나는 폭포 옆 키 큰 풀밭에 누워 있
다. 근처 땅에서 자라는 별의별 모양의 자그마한 풀들이 내
눈길을 끈다. 풀줄기 사이의 좁은 세계에서 꼼지락거리는
작은 벌레들, 헤아릴 수 없이 많고 이해할 수 없는 모습의 자
그마한 땅벌레와 날벌레를 좀 더 가깝게 가슴으로 느낀다.
그리고 당신 형상대로 우리 인간을 창조하신 전지전능한 신
이 살아 계심을 느끼고, 우리를 영원한 기쁨 속에 머물도록
지켜 주시는 자애로운 신의 숨결을 실감한다. 친구야, 이윽
고 어둑어둑해져 눈앞이 잘 보이지 않게 되고 나를 둘러싼
세계와 하늘이 마치 사랑하는 여인의 모습처럼 내 영혼 속

에 깃드는 듯하다. 이럴 때면 나는 그리움에 젖어 이런 생각을 하곤 한다. 아, 내 마음속에 이토록 가득하고 생생하게 살아 있는 것을 표현할 수만 있다면, 입김처럼 혹 화선지에 불어 재현할 수만 있다면 얼마나 좋을까! 그러면 그 그림은 내 영혼의 거울이 되고, 내 영혼은 무한한 신의 거울이 될 텐데! 하지만 친구야, 이러다가 내가 이 찬란한 현상의 장엄한 힘에 압도당해 파멸하고 말겠다.

5월 12일

내 주위의 모든 것이 이토록 낙원처럼 보이는데, 이것이 이 지역을 떠돌며 사람을 홀리는 정령들 때문인지, 아니면 내 가슴속에 천상의 상상력이 뜨겁게 살아 있는 때문인지 모르겠다. 마을 바로 앞에 우물이 하나 있다. 나는 멜루지네[2]와 그 자매들처럼 홀린 듯 그 우물에 반해 버렸다. 야트막한 언덕을 내려가다 보면 아치형 구조물이 나타나고, 거기서 다시 스무 계단가량 더 내려가면 그 아래 대리석 바위틈에서 맑디맑은 샘물이 솟아 나온다. 위쪽으로 우물을 둘러싼 작은 담장, 이곳을 빙 둘러 뒤덮고 있는 키 큰 나무들, 이곳의 서늘함, 이 모든 것이 매력적이면서도 으스스한 기분을 풍긴다. 나는 하루도 빠짐없이 그곳에 가서 한 시간쯤 앉

---

2 Melusine. 물의 요정.

아 있곤 한다. 그러면 마을에서 처녀들이 와서 물을 길어 간다. 물 긴기는 가장 소박하면서도 반드시 필요한 일로 옛날에는 왕의 딸들도 직접 했다고 한다. 거기에 앉아 있다 보면 옛날 가부장제 시대의 광경이 생생하게 떠오른다. 집안 어른들이 우물가에서 교제하고 혼담을 나누는 모습 말이야. 자애로운 정령들이 우물과 샘 주위를 떠도는 것 같다. 아, 이것을 함께 느끼지 못하는 사람은 여름날 힘들게 길을 걷고 나서 시원한 우물물로 피로를 풀어 본 적이 한 번도 없을 것이다.

5월 13일

내 책을 보내 줄까 물었지? 친구야, 제발 부탁인데 책이란 걸 내 곁에서 치워 다오. 나는 이제 더는 인도나 격려를 받거나 고무되고 싶지 않다. 이 가슴은 혼자서도 충분히 부글부글 끓어오르니까. 정작 내게 필요한 것은 자장가인데 그건 호메로스의 작품들에서 넘치도록 발견했다. 내가 얼마나 자주 그 노래로 끓어오르는 피를 진정시켰는지 몰라. 이 내 마음처럼 변덕이 죽 끓듯 하고 참을성이 없는 것을 너는 보지 못했을 거야. 너한테 굳이 이런 말을 할 필요가 있을까? 친구야, 내가 근심에 잠겼다가도 금세 정신없이 기뻐 날뛰고, 달콤한 우울증에 빠졌다가도 이내 몹쓸 격정으로 넘어가는 모습을 자주 지켜보는 곤욕을 치른 사람이 바로 너니까. 나 역시 내 여린 마음을 병든 아이처럼 생각한다. 그래서 원하는 대로 다 들어주지. 하지만 다른 사람들한테는 말하지 마라. 이런 나를 좋지 않게 볼 사람도 있을 테니까.

5월 15일

이곳의 서민들은 벌써 나를 알아보고 좋아한다. 특히 어린아이들이 그래. 반면 좀 씁쓸한 일을 겪기도 했다. 내가 처음 사람들에게 다가가 다정하게 이것저것 묻자 몇몇은 놀리는 줄 알고 무례하게 내치려고 하더라. 그러나 나는 그런 반응을 불쾌하게 받아들이지 않았다. 단지 내가 이미 종종 경험했던 바를 아주 생생하게 다시 느꼈을 뿐이다. 뭐냐 하면 어느 정도 지체 높은 사람들은 여전히 서민들을 가까이하면 손해를 본다는 듯 냉정하게 거리를 두려고 한다는 사실이다. 그런가 하면 겉으로는 검손한 척하면서 오히려 불쌍한 사람들에게 자신들의 오만함을 더욱 뼈저리게 느끼게 하는 경솔한 자들과 못된 장난꾸러기들도 있다.

우리 인간이 모두 평등하지 않으며 평등할 수도 없다는 것을 나는 잘 안다. 하지만 존경을 받기 위해 이른바 천민들과 거리를 두어야 한다고 생각하는 사람은 패배할 것이 두려워 적 앞에서 몸을 숨기는 겁쟁이와 마찬가지로 비난받아

마땅하다고 생각한다.

　최근에 우물에 갔더니 한 하녀가 물동이를 계단 맨 아래 단에 올려놓고 물동이를 머리에 이는 것을 도와줄 동료가 오지 않나 두리번거리더군. 나는 계단을 내려가서 그녀를 찬찬히 바라보며 "아가씨, 도와줄까요?" 하고 물었어. 그녀는 얼굴이 홍당무가 되어 대답하더군. "아니, 괜찮습니다, 나리." "사양할 것 없어요." 그러자 그녀는 똬리를 머리에 올려놓았고 내가 도와주었지. 그녀는 고맙다고 말하고 계단을 올라갔어.

5월 17일

　나는 다양한 사람들을 알게 되었으나 깊이 사귈 만한 사람은 아직 찾지 못했다. 내게 사람을 끌어당기는 무엇인가가 있는지는 모르겠지만 많은 사람이 나를 좋아하고 의지한다. 그런데 우리가 함께 가는 길이 짧은 걸 생각하면 마음이 아프다. 네가 여기 사람들이 어떠냐고 묻는다면 세상 여느 곳 사람과 다름없다고 말할 수밖에 없다. 인간이란 대동소이한 존재이니까. 대다수 사람은 대부분의 시간을 먹고살기 위해 일하면서 보낸다. 그러고 남는 얼마 안 되는 자유 시간에는 불안해서 거기서 벗어나려고 온갖 수단을 찾는다. 오, 인간의 운명이란!

그렇지만 서민 중에는 아주 착한 사람들도 있다. 때때로 나 자신을 잊은 채 그들과 함께 인간에게 아직 허용된 즐거움을 맛본다. 정갈하게 차려진 식탁에 둘러앉아 마음을 활짝 열고 이런저런 농담을 주고받기도 하고, 적당한 때를 골라 마차를 타고 산책하거나 춤판을 벌이거나 하는 등등의 일을 한다. 이런 일은 내게 아주 좋은 영향을 준다. 다만 내 안에는 아직 사용하지 않은 채 썩어 가는 다른 많은 능력이 있고, 그 사실을 조심스레 숨겨야 한다는 것을 머릿속에 떠올리지만 않는다면 말이지. 휴, 이런 생각을 하면 온 가슴이 심하게 옥죄어 든다. 그렇지만 오해받을 수밖에 없다는 것이 우리 같은 사람의 숙명인 것을 어쩌겠나.

맙소사, 내 젊은 시절의 여자 친구가 저세상으로 갔다니! 아, 이전에 그녀와 가깝게 사귀었는데! 나 자신에게 이렇게 말하고 싶다. "이 세상에서 찾을 수 없는 것을 찾고 있으니 너는 바보다!" 하지만 한때 나는 그녀를 차지했고 그녀의 마음을, 위대한 영혼을 느꼈다. 그 영혼과 함께할 때 나는 실제보다 더 나은 존재로 여겨졌다. 내가 될 수 있는 모든 것이 될 수 있었기 때문이다. 오오, 그때는 쓰이지 않고 남아 있는 내 영혼의 잠재력이 조금이라도 있었던가? 그녀 앞에서는 내 가슴이 자연을 감싸 안는 정말 경이로운 느낌이 생겨나지 않았던가? 우리의 사귐은 섬세하기 그지없는 감정과 더할 수 없이 예리한 이성의 영원한 교직交織이 아니었던가? 이것의 여러 변형에는 비록 상궤를 좀 벗어난 것일지라도 모두 독창적인 천재의 각인이 찍혀 있지 않았던가? 그런데 지금은! 아, 나보다 나이가 많은 그녀는 나보다 먼저 무덤으로 가고 말았구나. 그녀를, 그녀의 확고한 심성과 거룩한 참을성을 결코 잊지 않겠다.

며칠 전에 V라는 청년을 만났다. 솔직하고 얼굴이 아주 잘생긴 젊은이였다. 그는 대학을 갓 졸업했는데 자신이 현명하다고 여기지는 않아도 다른 사람들보다 아는 것은 많다고 자부하는 듯 보였다. 여러모로 살펴보니 그는 부지런하기도 했다. 간단히 말해 그는 아는 것이 참 많았다. 내가 그림을 많이 그리고 또 그리스어를 할 줄 안다는(이 두 가지는 이 나라에서 혜성같이 빛나는 재주로 통한다) 말을 듣고 그가 나를 찾아와서 바퇴[3]에서 우드,[4] 드 필[5]에서 빙켈만[6]에 이르기까지 아는 것을 죄다 쏟아 내고, 또 줄처[7]의 이론서《미술 일반 이론》제1부를 완전히 다 읽었으며 하이네[8]의《고대 미술 연구》의 필사본도 가지고 있다고 분명히 말했다. 나는 그 친

3 Charles Batteux(1713~1780). 프랑스의 미학자.
4 Robert Wood(1716~1771). 영국의 고고학자·정치가.
5 Roger de Piles(1635~1709). 프랑스의 화가.
6 Johann Joachim Winckelmann(1717~1768). 독일 미학의 창시자.
7 Johann Georg Sulzer(1720~1779). 독일의 미학자.
8 Christian Gottlob Heyne(1729~1812). 독일의 고전어문학자.

구가 하는 말을 그저 듣기만 했다.

나는 또 한 점잖은 분을 알게 되었는데 영주의 관리관[9]으로 진솔하고 믿음이 가는 분이었다. 그분이 아홉 자녀와 함께 있는 모습을 보면 마음까지 즐거워진다고들 한다. 특히 그분 맏딸의 평판이 대단하다. 그분이 나를 집에 오라고 초대했으니 빠른 시일 안에 방문할 생각이다. 그분은 영주의 수렵관에 살고 있는데 여기서 한 시간 반쯤 떨어진 곳에 있다. 부인을 사별한 후 그곳으로 이주해도 좋다는 허락을 얻었다고 한다. 여기 시내에서, 그것도 관사에서 계속 거주하는 것이 너무 괴로워서 그랬다는군.

그 밖에도 몇몇 괴짜를 우연히 알게 되었는데 그들이 하는 짓은 죄다 참을 수 없다. 특히 친근한 척 구는 행태가 제일 견디기 어렵다.

잘 지내라. 이번 편지는 네 마음에 쏙 들 거야. 수식 없이 있었던 일만 적었으니까.

5월 22일

인생이 단지 한바탕 꿈에 불과하다는 것은 이미 수많은 사람이 생각한 바일 테지만 그런 느낌이 항상 내 머릿속에서도 떠나지 않고 맴돈다. 인간이 활동하고 탐구하는 능력

9　중세부터 성이나 마을 등 지방의 행정, 치안, 사법을 관장하던 최고 관리.

이 한계 안에 갇혀 있는 것을 볼 때도 그렇고, 인간의 모든 활동이 결국 우리네 가련한 생존 연장이라는 욕구를 충족시키기 위한 추구에 불과하다는 것을 인식할 때도 그렇다. 이렇게 보면 탐구를 통해 거둔 일정 성과에서 얻는 모든 위안도 그저 몽상적인 체념에 불과하다. 우리를 가두고 있는 벽에 형형색색의 모양과 화려한 전망을 그려 넣는 형국이나 다름없기 때문이다. 빌헬름, 이 모든 것을 생각하면 말문이 막힌다. 그러면 나는 내 안으로 눈길을 돌려 다른 하나의 세계를 발견한다. 그림이나 생생한 기운을 통해서라기보다는 또다시 예감과 막연한 욕망 속에서. 그러면 모든 것이 내 오감 앞에서 떠돌고 나는 꿈을 꾸듯 그 세계를 향해 미소를 짓는다.

어린아이들은 무엇인가를 바라면서도 그 이유를 모른다는 데 배운 것이 많은 학교 선생님들이나 가정교사들의 의견이 일치한다. 그러나 어른들도 어린아이나 마찬가지로 이 대지 위에서 비틀거리며 살아가면서도 어린아이처럼 자기들이 어디서 왔고 어디로 가는지 모르며 진정한 목표 의식을 가지고 행동하지 않을뿐더러 비스킷이나 케이크나 자작나무 회초리에 지배당한다. 아무도 이것을 믿고 싶지 않겠지만 내 생각에는 누구나 알 수 있는 명백한 사실이다.

이 말을 듣고 네가 뭐라고 대꾸할지 뻔히 알기 때문에 기꺼이 고백하겠다. 어린아이들처럼 별생각 없이 하루하루를 살아가는 사람들이 가장 행복하다. 어린아이들은 인형을 끼고 다니며 옷을 벗겼다 입혔다 하고, 엄마가 과자를 넣고 열쇠로 잠가 둔 서랍 주위를 대단한 관심을 가지고 살금살금 맴돌다가 마침내 원하던 것을 낚아채면 볼이 미어터져라 처넣고서는 "더 줘" 하고 보챈다. 이들이 행복한 사람이다. 자신들의 하찮은 생업이나 심지어 열을 내서 매달리는 기벽에도 그럴듯한 이름을 붙이고는 인류의 안녕과 복지에 기여하는 거창한 사업이라고 떠들어 대는 자들도 잘 사는 편이다. 그럴 수 있는 사람에게 복이 있기를! 그러나 겸허하게 그런 모든 일들이 어떻게 귀결되는지 인식하는 사람, 잘 사는 시민이면 누구나 자신의 작은 정원을 단정하게 낙원으로 꾸밀 줄 안다는 것을 통찰하는 사람, 불행한 자라도 짊어진 짐에 눌려 헐떡거리면서도 끈질기게 자기 길을 간다는 것을 아는 사람, 그리고 모두가 똑같이 이 햇빛을 단 1분이라도 더 오래 보고 싶어 한다는 것을 아는 사람. 그래, 이런 사람은 말 없이 자기 자신으로부터 자기만의 세계를 만들며 인간이라는 것에서 역시 행복하다. 그는 비록 한계 안에 갇혀 있을지라도, 원할 때면 언제든 이 감옥을 떠날 수 있는 자유라는 달콤한 감정을 항상 가슴속에 간직하고 있다.

너는 오래전부터 내가 둥지를 트는 방식, 어딘가 정이 가는 곳에 작은 오두막을 짓고 온갖 제약 속에서 살아가는 방식을 익히 알 것이다. 여기서도 내 마음을 끄는 작은 광장을 또다시 찾아냈다.

도시에서 한 시간가량 떨어진 곳에 발하임[10]이라고 하는 마을이 있다. 마을이 자리 잡은 언덕바지가 매우 흥미로운 위치다. 마을로 향하는 오솔길을 따라 올라가다 언덕 위로 나오면 갑자기 계곡 전체가 한눈에 들어온다. 지긋한 나이에도 마음씨 좋고 쾌활하며 사근사근한 식당 겸 여관 여주인이 포도주나 맥주 또는 커피를 따라 준다. 그런데 정작 눈길을 끄는 것은 무엇보다도 보리수나무 두 그루인데 널따랗게 펼쳐진 가지로 교회 앞 자그마한 광장을 뒤덮고 있다. 그리고 농가와 헛간, 앞마당 들이 그 광장을 빙 둘러싸고 있다. 나는 여태껏 이렇게 정이 가고 아늑한 장소를 쉽게 찾지 못했다. 나는 식당에서 식탁과 의자를 그곳으로 내 달라고 해서 커피를 마시면서 호메로스를 읽는다. 어느 화창한 날 오후에 우연히 맨 처음 그 보리수나무 아래로 갔을 때 광장은 아주 고적했다. 모두 일하러 밭들에 나갔던 것이다. 네 살쯤 되어 보이는 남자아이가 땅바닥에 앉아 생후 6개월쯤 되는

10   Wahlheim. 독자는 여기에서 거명된 곳을 찾는 수고를 하지 않기 바란다. 원본에 나오는 진짜 이름을 바꿀 필요가 있었다.–원주

아기를 두 다리 사이에 앉혀 놓고 두 팔로 잡아 가슴에 끌어안고 있었는데, 아기에게는 일종의 안락의자 역할을 했다. 주위를 두리번거리는 검은 눈에서는 생기가 번득였으나 아이는 아주 느긋하게 앉아 있었다. 그 광경에 나는 마음이 흐뭇해졌다. 나는 맞은편에 있는 쟁기 위에 걸터앉아 매우 기쁜 마음으로 형제의 다정한 모습을 그렸다. 그리고 또 바로 옆의 산울타리 문과 헛간 문, 그리고 몇몇 부서진 달구지 바퀴를 있는 순서대로 그려 넣었다. 한 시간쯤 지나고 나니 전혀 내 주관을 보태지 않았는데도 구도가 잘 잡힌, 제법 그럴듯한 스케치가 완성되었다. 이 일로 인해 앞으로는 오로지 자연에만 의지하겠다는 결심을 더욱 굳혔다. 오로지 자연만이 무한히 풍요롭고 위대한 예술가를 만든다. 규칙의 장점에 대해 많은 말을 할 수 있지만, 시민사회를 예찬하는 것과 대충 비슷하다. 규칙에 따라 수련한 사람은 미적 감각이 없는 것이나 졸렬한 것은 결코 만들어 내지 않을 것이다. 이것은 법규나 예의범절에 따라 인격을 형성한 사람이 결코 도저히 참을 수 없는 이웃이나 유별난 악한이 될 수 없는 것과 같다. 하지만 그 대신 누가 뭐라 하든 모든 규칙은 진정한 자연 감정과 자연의 참된 표현을 파괴한다! 너는 아마 '그것은 너무 심한 말이다! 규칙은 단지 제한을 하고 웃자란 넝쿨을 잘라 낼 뿐이다'라는 등 반론을 제기할 것이다. 친구야, 비유를 하나 들어 볼까? 이것은 사랑과 같아. 한 청년이 어떤 여자에게 폭 빠졌다고 가정해 보자. 그는 애인 옆에서 하루의 모든 시간을 보내고 가진 능력과 재산을 모두 허비하고 있어. 자신의 모든 것을 그녀에게 바친다는 것을 매 순간 보여 주기 위해서지. 그런데 공직에 몸담고 있는 한 남자, 그러니까 속물이 찾아와서 그 청년에게 이렇게 말한다고 치자. '감수성 풍부한 젊은이, 사랑이라는 것도 사람의 일이니 사람답게 사랑해야 하네. 시간을 나누어 한쪽은 일에, 그리고 나머지 휴식 시간은 애인에게 바치게. 자네 재산을 계산해 보게. 반드시 필요한 생활비를 제외하고 남는 돈으로 애인에게 선물을 사 주는 것은 굳이 말리지 않겠네. 다만 그 역시 너무 자주 해서는 안 되고, 예컨대 애인의 생일이나 세례일 같은 때나 하게.' 만약 그 젊은이가 이 충고에 따른다면 쓸모 있는 청년이야 되겠지. 나부터 어떤 영주에게나 그 사람을 관직에 앉히라고 추천하겠어. 그러나 그자의 사랑은 그것으로 끝장나고 만다. 그리고 그자가 예술가라면 예술도 끝장인 거야. 아, 친구들아, 천재의 물줄기가 힘차게 터져 나와 우렁차게 쏴쏴 소리를 내며 밀려와 너희 영혼을 뒤흔들어 경탄을 금치 못하게 하는 일이 왜 이리 드문가? 사랑하는 친구들아, 그것은 강변 양쪽에 침착한 양반들이 살고 있기 때문이다. 그들은 자기네 정자며 튤립 화단, 채소밭이 격류에 떠내려갈 것이 두려워 미리미리 둑을 쌓고 수로를 뚫어 앞으로 닥쳐올 위험에 대비하는 것이지.

5월 27일

가만히 생각해 보니 내가 황홀한 기분에 취해 비유와 장광설을 늘어놓느라 그 아이들이 어떻게 되었는지 마저 이야기하는 걸 깜빡했다. 어제 편지에 단편적으로나마 서술한 바와 같이 나는 화가로서의 감정에 푹 빠져 쟁기에 족히 두 시간가량 걸터앉아 있었다. 저녁 무렵에 한 젊은 부인이 팔에 바구니를 걸고 그동안 꼼짝도 하지 않고 그 자리에 있던 아이들을 향해 달려오면서 멀리서부터 소리쳤다. "필립스, 너 참 기특하구나." 부인이 내게 인사를 했다. 나도 답례를 하고 자리에서 일어나 가까이 다가가 아이들의 어머니냐고 물었다. 부인은 그렇다고 대답하곤 큰아이에게 둥근 빵 반쪽을 주고 나서 아기를 받아 안고 엄마의 사랑을 듬뿍 담아 입을 맞추었다. 부인이 말했다. "우리 아들 필립스에게 아기를 보라고 맡기고 첫째 아들과 함께 흰 빵과 설탕, 죽 끓이는 질그릇 냄비를 사러 시내에 갔었어요." 덮개가 땅바닥에 떨어졌기 때문에 바구니 안에서 그 물건들이 모두 보였다. "우리 아들 한스에게(이것이 막내의 이름이었다) 저녁 끼니로 죽을 끓여 줄 겁니다. 개구쟁이 맏이가 어제 필립스와 죽

누룽지를 차지하려고 다투다가 냄비를 깨 버렸답니다." 내가 맏이는 어디 갔느냐고 물었다. 풀밭에서 거위 두세 마리를 몰고 있다는 부인의 대답이 채 끝나기도 전에 맏이가 달려와서 둘째에게 개암나무 가지를 주었다. 나는 부인과 더 이야기를 나누었는데 그녀가 교사의 딸이고 남편은 사촌 형의 유산을 받으러 스위스로 여행을 떠났다는 것을 알게 되었다. "사람들이 남편을 속여 유산을 가로채려고 그이가 여러 번 편지를 보냈어도 답장을 하지 않았어요. 그래서 그이가 직접 길을 떠났지요. 아무런 탈이 없어야 할 텐데 아직 소식이 없네요." 부인과 헤어지자니 마음이 무거워서 나는 아이들에게 동전 하나씩 주고 막내 몫으로도 부인에게 동전 하나를 주면서 시내에 가거든 수프와 함께 먹을 둥근 빵을 하나 사라고 했다. 이렇게 우리는 헤어졌다.

친구야, 네게 말하지만 나는 마음이 갈피를 잡지 못할 때면 이런 사람들을 보고 혼란을 가라앉힌다. 이들은 행복하고 차분하게 좁은 삶의 테두리 안에서 하루하루를 살아가고, 나뭇잎이 떨어지는 것을 보아도 겨울이 다가온다는 것 말고 다른 생각은 하지 않지.

그때부터 나는 자주 그곳에 갔다. 아이들은 나와 아주 친해졌고 내가 커피를 마실 때면 설탕을 얻어먹었다. 그리고 저녁에는 버터 빵과 요구르트를 나와 나눠 먹었다. 아이들은 일요일에는 동전 한 닢을 반드시 얻었다. 내가 식후 예배 뒤에 가지 못하는 경우에는 식당 여주인에게 동전을 나누어 주라고 부탁해 놓았다.

아이들은 친숙해져서 내게 별의별 얘기를 다 해 줬다. 동네의 다른 아이들이 함께 어울릴 때면 두 아이는 더욱 신바람이 나서 이야기하고 바라는 것을 서슴없이 털어놓는데, 그런 천진난만한 모습을 보면 나는 특별히 흐뭇해졌다.

'아이들이 나리를 성가시게 하는 것은 아닐까' 염려하는 어머니를 달래느라고 나는 무척 애를 먹었다.

5월 30일

내가 일전에 네게 미술에 대해 한 말은 분명히 문학에도 적용된다. 관건은 탁월한 것을 알아내서 과감히 표현하는 것이다. 물론 이 짧은 말에는 많은 의미가 담겨 있다. 오늘 어떤 장면을 보았는데 그것을 베끼듯 있는 그대로 글로 쓰기만 해도 세상에서 제일 아름다운 전원시가 될 것이다. 하지만 문학이니 장면이니 전원시라고 하는 게 대체 뭐란 말인가? 자연현상에 관심을 가지면 되지 머리를 이리저리 굴려 억지로 쥐어짜 내야 한단 말인가?

이런 서두로 인해 뭔가 탁월하고 고상한 내용이 잔뜩 뒤따르리라 기대한다면 너는 또다시 보기 좋게 속은 것이다.

내 관심을 이토록 생생하게 사로잡은 것은 다른 게 아니라 한 머슴의 이야기이니까. 늘 그렇듯 나는 얘기를 잘 풀어 가지 못할 것이다. 내 생각인데 그래서 너는 평소처럼 내가 과장한다고 여길 것이다. 또다시 무대는 발하임이다. 이런 진기한 일이 발생하는 곳은 항상 발하임이다.

교외의 그 보리수나무 밑에서 커피를 마시는 모임이 있었다. 나는 그 사람들과 신분이 달라서 핑계를 대고 자리를 피했다.

한 젊은 농부가 가까이 있는 집에서 나오더니 내가 일전에 그렸던 쟁기에 달라붙어 뭔가 손을 보았다. 나는 그 사람의 일하는 품이 마음에 들어서 말을 걸고 지내는 형편을 물었다. 우리는 금방 서먹서먹함에서 벗어났고 내가 이런 부류의 사람들과 어울릴 때면 늘 그렇듯 이내 서로 친숙해졌다. 그는 어떤 과부 집에서 일하는데 여주인이 썩 잘 대우해 준다고 말했다. 그가 여주인에 대해 아주 많은 얘기를 하고 또 입에 침이 마르도록 여주인을 칭찬해서 나는 금방 그가 몸과 마음을 다해 여주인에게 홀딱 빠졌다는 것을 알아차릴 수 있었다. 그가 이야기하기를 그녀는 이제 젊다고는 할 수 없으며 첫 남편한테 시달린 나머지 재혼할 생각이 없다는 것이었다. 그 이야기에서 그녀가 그에게 얼마나 아름답고 매력적이며 자기를 선택해서 첫 남편이 저지른 과오의 기억을 말끔히 씻어 버리기를 그가 간절히 바란다는 사실이 분명하게 드러났다. 네게 이 사람의 순수한 호감, 사랑, 단심을 생생하게 전달하기 위해서는 그가 한 말을 하나하나 그대로 반복하는 수밖에 없다는 생각마저 든다. 정말 그렇다. 그 사람의 몸짓에서 풍겨 나오는 분위기, 조화로운 목소리, 그의 눈길에서 은밀히 번득이는 불꽃마저 함께 생생하게 서술하려면 세상에서 가장 위대한 시인의 재능을 가져야 할 것이다. 그렇다, 그 사람의 온몸과 표정에 배어 있는 연정은 그 어떤 말로도 표현할 수 없다. 내가 글로 옮길 수 있는 것은 모두 진부한 것뿐이다. 내가 행여나 그와 그녀의 관계를 탐탁하게 여기지 않고, 그녀의 행실을 의심하지나 않을까 지레 걱정하는 그의 태도가 특히 내 마음을 움직였다. 젊음의 매력이 없는데도 그의 마음을 힘차게 끌어당겨 꼼짝 못 하게 사로잡은 그녀의 자태와 몸매에 대해 이야기할 때, 그 친구의 모습이 얼마나 매력적이었는지는 내 마음 가장 깊숙한 곳에서 나 자신에게나 다시 말할 수 있을 뿐이다. 나는 살아생전 이렇게 절실한 욕구와 뜨겁고도 간절한 갈망을 이렇게 순수한 모습으로 본 적이 없다. 그래, 이렇게 순수한 모습으로는 생각은커녕 꿈도 꾸지 못했다고 말할 수 있다. 이런 순진무구와 진실성을 다시 생각하면 내 영혼이 깊은 곳까지 뜨겁게 달아오르고 그런 단심과 연정의 이미지가 어디를 가나 나를 따라다닌다. 그 불길이 저절로 옮겨 붙은 듯 나도 갈망하고 애태우게 된다는 말을 한다고 나무라지는 마라.

이제 나는 한시바삐 그녀를 직접 보려고 한다. 하지만 다시 곰곰이 생각해 보니 보지 않는 편이 오히려 나을지도 모르겠다. 사랑하는 사람의 눈을 통해 그녀를 보는 편이 더 좋을 듯하다. 내 눈으로 직접 보게 되면 혹시 내가 지금 머릿속으로 그리는 것과는 다른 모습일지 모르니, 뭐 하러 이 아름다운 이미지를 망가뜨린단 말인가?

6월 16일

왜 편지를 써 보내지 않았느냐고? 그런 걸 묻는 걸 보니 너도 이른바 먹물이구나. 짐작하겠지만 잘 지내고 있다. 실은…… 간단히 딱 잘라 말해, 마음에 쏙 드는 사람을 알게 되었다. 나는…… 어떻게 말해야 좋을지 나도 모르겠다.

그 지극히 사랑스러운 여인을 알게 된 경위를 차근차근 이야기하기는 어렵다. 나는 즐겁고 행복한 나머지 객관적으로 서술할 형편이 아니다.

천사를 알게 되었다! 풋, 이건 누구나 자기 여자에 대해서 하는 말이다. 안 그래? 그런데 그녀가 얼마나 완벽한지, 또 어째서 완벽한지 설명은 하지 못하겠다. 그녀가 내 마음을 완전히 사로잡았다는 말로써 충분하다.

그토록 총명하면서도 그토록 소박하고, 그토록 심지가 굳으면서도 그렇게도 너그럽고, 참된 삶을 살고 활동하면서도 영혼의 평온을 유지한다.

내가 그녀에 대해 무슨 말을 하건, 그건 모두 역겨운 헛소리이고, 그녀 실체의 어떤 특징도 드러내지 못하는 궁색한 추상적인 표현에 불과하다. 이다음에…… 아니, 이다음이 아니라 지금 당장 이야기해 주어야겠다. 지금 이야기하지 않으면 다시는 못 할 것이다. 왜냐하면, 우리 사이니까 털어놓는데, 이 편지를 쓰기 시작하고부터 벌써 세 번이나 펜을 내려놓고 말에 안장을 얹으라고 해서 달려 나가기 일보 직전이었다. 하지만 오늘 아침엔 말을 타고 밖에 나가지 않겠다고 다짐했다. 그런데도 시도 때도 없이 창가로 가서 해가 아직 높이 떠 있는지 내다보곤 했다.

나는 결국 욕망을 억제하지 못하고 그녀에게 가지 않을 수 없었다. 이제 집에 돌아왔다. 빌헬름, 저녁 식사로 버터 바른 빵을 먹고 네게 편지를 계속 쓰겠다. 그녀가 귀엽고 쾌활한 아이들인 동생 여덟 명과 함께 있는 모습을 보면 내 영혼이 얼마나 큰 희열을 느끼는지!

내가 이런 식으로 계속 쓴다면 너는 마지막에 가서도 시작할 때와 마찬가지로 뭐가 뭔지 종잡을 수 없을 것이다. 내 자신을 다그쳐서라도 자세히 얘기해 볼 테니 이제 들어 보아라.

얼마 전 편지에 내가 S라는 관리관을 알게 되었고 그분
이 조속히 자신의 은둔처, 아니 작은 왕국이라고 할 거처를
방문해 달라고 청했다는 사실을 쓴 적이 있다. 나는 그 일에
신경 쓰지 않았다. 만약 내가 그 조용한 곳에 숨겨져 있는
그 보물 같은 여인을 우연히 발견하지 않았더라면 아마도
그곳에는 영영 가지 않았을 것이다.

우리 젊은이들이 시골에서 무도회를 열기로 했는데 나도
기꺼이 참석하기로 했다. 나는 이곳의 참하고 예쁘지만 특별
할 것 없는 아가씨에게 무도회 파트너가 되어 달라고 부탁
했다. 내가 마차를 빌려서 내 파트너와 그녀의 사촌과 함께
무도회장으로 가면서 도중에 샤를로테[11] S란 아가씨도 태워
가기로 했다. 우리가 간벌한 널따란 숲을 지나 수렵관을 향
해 달려갈 때 내 파트너가 말했다. "당신은 아름다운 여자
를 만나게 될 거예요." 사촌이 "반하지 않도록 조심하세요"
라고 거들었다. 내가 "어째서요?" 하고 물으니 그녀가 대답
했다. "이미 약혼한 남자가 있어요. 그는 아주 착실한 사람인
데, 아버지가 돌아가셔서 집안일을 정리하고 괜찮은 일자리
도 구하기 위해 여행길에 올랐답니다." 이 소식은 나와는 별
로 상관없는 것이었다.

---

11   Charlotte. 로테는 애칭이다.

우리 마차가 수렵관 대문 앞에 도착했을 때는 해가 산 너머로 떨어지기 15분 전쯤이었다. 날씨는 몹시 무더웠다. 여자들은 지평선에 몰려드는 습한 회백색 구름 속에 들어 있어 보이는 비바람을 걱정했다. 나 역시 우리의 즐거운 행사가 타격을 입을지 모른다고 예상하면서도 일기에 관해 잘 안다는 듯 그들의 걱정을 달랬다.

내가 마차에서 내리자 한 하녀가 대문으로 나와 로테 아가씨가 바로 나올 테니 잠시 기다려 달라고 말했다. 나는 마당을 가로질러 잘 지어진 집 쪽으로 가서 앞의 계단을 올라가 현관문 안에 들어섰다. 그때 지금까지 본 것 가운데 가장 매혹적인 광경이 눈에 들어왔다. 현관에 딸린 방에는 두 살부터 열한 살 사이의 어린아이 여섯 명이 한 처녀를 둘러싸고 우글거렸다. 처녀는 자태가 아름답고 키는 중키에 소매와 가슴에 분홍색 리본이 달린 소박한 흰 원피스를 입고 있었다. 그녀는 검은 빵 덩어리를 들고 빙 둘러서 있는 아이들에게 각각 나이와 식욕에 따라 먹을 만큼 잘라서 하나씩 아주 다정하게 나누어 주었다. 아이들은 빵이 채 베어지기도 전에 저마다 고사리 같은 두 손을 높이 쳐들며 가식 없이 자연스럽게 "잘 먹겠습니다" 하고 외쳤다. 저녁거리 빵을 받아 들고서는 만족해서 어디론가 뛰어나가거나, 성격이 차분한 아이는 찾아온 낯선 사람들과 로테가 타고 갈 마차를 구경하려고 침착하게 걸어서 대문으로 갔다. 그녀가 말했다.

"죄송합니다. 당신을 집 안으로 들어오시게까지 하고 여자 분들은 기다리게 했군요. 옷을 갈아입고 제가 없는 동안을 대비해 잡다한 집안일을 챙기느라 아이들에게 저녁 빵 주는 걸 깜빡 잊고 말았네요. 아이들은 저 아닌 다른 사람이 베어 주는 빵은 먹지 않거든요."

나는 우물쭈물 인사를 건넸다. 내 온 영혼은 그녀의 자태, 음성, 동작에 쏠려 있었다. 그녀가 장갑과 부채를 가져오려고 자기 방에 들어간 사이 나는 이 뜻밖의 만남으로 놀란 정신을 수습할 시간을 얻었다. 꼬마들은 약간 떨어진 옆에서 나를 바라보았다. 나는 막내에게 다가갔다. 얼굴이 아주 잘생긴 아이였다. 막내는 슬쩍 뒤로 물러났다. 마침 그때 로테가 문에서 나오더니 말했다.

"루이스, 친척 형하고 악수해야지."

꼬마는 스스럼없이 손을 내밀었고, 나는 아이의 작은 코에서 콧물이 흐르는 것에도 괘념치 않고 힘껏 뽀뽀해 주지 않을 수 없었다.

"친척 형이라고요? 제가 아가씨와 친척이 되는 행운을 누릴 만한 자격이 있다고 생각하십니까?"

나는 악수를 하러 그녀에게 손을 내밀면서 반문했다. 그녀가 가볍게 미소 지으며 말했다.

"아, 우리 집의 친척 개념은 아주 광범위한데 그중에서 당신이 가장 먼 친척이라면 제 마음이 좋겠어요?"

그녀는 걸음을 옮기면서 바로 아래 여동생, 열한 살쯤 되어 보이는 조피에게 동생들을 잘 돌보고 말을 타고 산책 나가신 아버지가 돌아오시면 대신 인사해 달라고 부탁했다. 그녀는 또 동생들에게 조피를 로테로 여기고 조피의 말을 잘 들어야 한다고 당부했다. 그러자 몇몇 아이는 그러겠다고 분명히 다짐했다. 그런데 금발 머리에 좀 시건방져 보이고 여섯 살쯤 된 여자아이가 "조피 언니는 큰언니가 아니잖아. 큰언니, 우린 큰언니가 더 좋아"라고 불평했다. 사내아이들 가운데 나이가 많은 두 명이 마차 뒤에 올라탔고, 내가 그냥 내버려 두라고 부탁하자 그녀는 숲이 시작되는 데까지만 타고 갈 것을 허락했다. 아이들은 그에 앞서 서로 장난치지 않고 마차를 단단히 붙잡고 있겠다고 약속해야 했다.

우리가 마차에 올라타 자리에 앉자마자 여자들은 반갑게 서로 인사를 나누고 옷차림과 특히 모자에 대해 의견을 교환했으며 무도회에서 만날 사람들 하나하나에 대해서도 적당히 얘기를 주고받았다. 그러다가 로테가 마부에게 멈추라고 지시하고 동생들을 마차에서 내리게 했다. 동생들은 누나의 손에 다시 한번 키스를 하고 싶어 했다. 그중 형은 열다섯 살 나이에 걸맞게 정을 듬뿍 담아 키스를 했고, 다른 아이는 거칠고 경솔하게 입을 맞추었다. 로테는 다시 한번 동생들에게 인사를 전해 달라고 부탁했다. 그러고 나서 우리는 다시 달렸다.

내 파트너의 사촌이 로테에게 일전에 보내 준 책을 다 읽었느냐고 물었다. 로테가 대답했다.

"아니요, 안 읽었어요. 책이 마음에 안 들어서요. 돌려 드리지요. 그 전에 빌려주신 책도 그보다 낫지 않았어요."

무슨 책이냐는 내 질문에 로테가 한 대답을 듣고 나는 어리둥절했다.[12] 나는 그녀가 하는 모든 말에서 풍부한 개성을 느꼈고, 한 마디 한 마디 할 때마다 그녀의 표정에서 새로운 정신적 매력과 새로운 재기의 섬광이 솟구치는 것을 보았다. 그 매력과 재기는 만족해서 점점 더 펼쳐지는 듯 보였다. 내가 그녀를 이해한다는 것을 그녀가 감지했기 때문이다. 그녀는 말했다.

"제가 어렸을 때 소설보다 더 좋아한 건 없었어요. 일요일이면 한구석에 앉아 온 마음을 다해 제니[13] 양의 행과 불행에 푹 빠져들곤 했지요. 그런 종류의 책에서 아직도 어느 정

---

12 편지의 이 부분을 삭제할 수밖에 없다. 누구에게도 항의할 빌미를 주지 않기 위해서다. 근본적으로 어떤 작가도 한 여성 독자나 주관이 뚜렷하지 않은 젊은이의 평가를 대수롭게 여기지는 않겠지만.-원주

13 18세기 유럽에서는 리처드슨(Samuel Richardson)의 작품을 모범으로 한 감상적인 소설이 인기를 끌었다. 이 계열에 속하는 작품이면서 1746년에 독일어 번역판이 출간된 프랑스 여성 작가 마리 잔 리코보니(Marie-Jeanne Riccoboni)의 소설 《제니 그랑빌 양의 이야기》의 여주인공인 듯하다.

도 매력을 느낀다는 걸 부인하지 않아요. 하지만 이제는 책을 접할 기회가 거의 없기 때문에 제 취향에 딱 맞는 것만 읽으려고 해요. 제가 사는 세계를 그대로 보여 주고 제 주변에서 일어나는 것과 같은 일이 벌어지며 마치 제 가정생활 같아서 흥미롭고 마음이 통하는 이야기를 쓰는 작가를 가장 좋아해요. 물론 제 가정생활이 낙원 같지는 않지만 전체적으로 볼 때 이루 말할 수 없는 행복의 원천이랍니다."

나는 그녀의 말에서 받은 감동을 숨기려고 애를 썼으나 당연히 오래가지는 못했다. 그녀가 지나가는 말처럼 《웨이크필드의 목사》[14]랄지 ○○○[15]에 대해 아주 진지하게 이야기하는 것을 듣자 나는 감동한 나머지 자제력을 잃고 참았던 말을 다 쏟아 내고 말았다. 그리고 시간이 조금 지난 뒤 로테가 두 여자에게 말머리를 돌리고 나서야 비로소 나는 그들이 그동안 줄곧 눈을 멀뚱멀뚱 뜬 채 그 자리에 없는 사람처럼 앉아 있었다는 사실을 깨달았다. 사촌은 비웃는 듯코를 실룩거리며 나를 여러 번 노려보았으나 나는 대수롭게 여기지 않았다.

화제는 춤의 즐거움으로 넘어갔다. 로테가 말했다.

"춤을 너무 좋아하는 것도 흠이겠지만, 솔직히 말해 저는

---

14 영국 소설가 올리버 골드스미스(Oliver Goldsmith)의 소설.

15 여기서도 몇몇 독일 작가의 이름을 생략한다. 로테의 찬사에 공감하는 사람은 이 대목을 읽으면서 로테가 느끼는 바를 분명히 마음으로 느낄 것이고, 그렇지 않은 사람이라면 작가의 이름을 알 필요가 없다.-원주

춤보다 더 즐거운 건 몰라요. 무슨 골칫거리가 있을 때면 조율이 안 된 제 피아노로라도 춤곡을 치면 말짱해진답니다."

이런 대화를 나누면서 내가 그녀의 검은 눈동자를 바라보며 얼마나 황홀해했을지, 그녀의 생기발랄하게 움직이는 입술과 싱그럽게 밝은 뺨이 얼마나 내 마음을 사로잡았을지, 그녀가 하는 이야기의 멋들어진 의미에 정신이 팔려 정작 그녀가 하는 말을 얼마나 자주 놓쳤을지는 내가 어떤 사람인지를 아는 만큼 너도 충분히 상상할 수 있을 것이다. 간단히 말해 우리가 무도회장 앞에 도착했을 때 나는 마치 꿈꾸는 사람처럼 마차에서 내렸고 사방이 어둑어둑해지는 가운데 꿈속을 헤맸으므로 환하게 불이 밝혀진 홀에서 흘러나오는 음악 소리도 거의 듣지 못했다.

아우드란이라는 신사와 아무개 씨가—그 많은 이름을 어찌 다 기억한단 말인가—마차 문 앞에서 우리를 맞이해 주었다. 이들은 각자 자기 파트너인 사촌과 로테를 챙겼고 나는 내 파트너를 데리고 올라갔다.

우리는 미뉴에트를 추면서 서로의 주위를 빙글빙글 돌았다. 나는 파트너를 바꾸어 가며 춤을 추었는데 유독 마음에 들지 않는 여자들이 한 손을 내밀어 춤을 끝낼 생각을 하지 않았다. 로테와 파트너가 영국식 컨트리댄스를 추기 시작했다. 그녀가 우리와 같은 줄에서 빙글빙글 원을 그리기 시작했을 때 내가 얼마나 좋아했을지 너도 짐작할 수 있을 것이다. 그녀가 춤추는 모습은 반드시 보아야 한다! 그러니까, 그녀는 온 마음과 온 정신을 모아 춤을 춘다. 그녀의 온몸은 조화를 이루고 아무런 근심도 거리낌도 없이 춤을 춘다. 마치 춤이 전부이고 그 밖에는 아무 생각도 느낌도 없는 듯하다. 이 순간에는 그녀 눈앞에서 다른 모든 것이 사라져 버리는 게 분명하다.

나는 그녀에게 두 번째 컨트리댄스를 청했다. 그러나 그녀는 세 번째 춤을 함께 추자고 했다. 그리고 그녀는 세상에서 가장 사랑스럽고 솔직한 태도로 독일 춤을 정말 좋아한다고 힘주어 말했다. 그녀가 이어서 말했다.

"여기서는 독일 춤을 출 때 함께 추는 각 쌍이 파트너를 바꾸지 않는 것이 관례예요. 제 파트너는 왈츠가 서툴러 제가 함께 추는 역할을 면해 주면 고마워할 겁니다. 당신 파트너도 왈츠를 잘 추지 못하고 또 좋아하지도 않아요. 영국식 컨트리댄스 때 보니까 당신은 왈츠를 출 때처럼 능숙하게 돌아가시더군요. 이제 제 독일 춤 파트너가 되고자 하신다면 제 파트너한테 가서서 허락을 받으세요. 저는 당신 파트너한테 가서 허락을 얻지요."

나는 그녀의 제안에 동의한다는 뜻으로 손을 내밀었다. 우리가 춤추는 사이 그녀의 파트너가 내 파트너에게 말 상대가 되어 주었으면 하고 의견을 모았다.

이윽고 다시 춤이 시작되었다. 우리는 한동안 팔을 다양한 형태로 휘감으며 춤추기를 즐겼다. 그녀의 동작이 얼마나 매력적이고 또 날렵하던지! 마침내 왈츠 차례가 되어 남녀 쌍들이 각각 둥글게 원을 그리며 돌기 시작하자 이 춤을 제대로 출 줄 아는 사람이 극소수였으므로 처음에는 당연히 서로 뒤엉키는 등 좀 혼란스러웠다. 우리는 영리하게 다른 사람들이 마음껏 춤추게 내버려 뒀다가 가장 서투른 사람들이 플로어를 비운 뒤에야 나서서 다른 한 쌍, 즉 아우드란과 그의 파트너와 함께 멋들어지게 춤을 끝냈다. 내가 그토록 가볍게 스텝을 밟은 적은 한 번도 없었다. 나는 더 이상 평범한 인간이 아니었다. 세상에서 가장 사랑스러운 여인을 품에 안고 전광석화처럼 빙글빙글 날아다니다 보니 주변의 모든 것이 사라지는 것 같았다. 빌헬름, 솔직히 고백하는데 내가 사랑하고 내 여자라고 주장할 수 있는 여인이 생긴다면 나 아닌 어떤 남자와도 왈츠는 추지 못하게 하겠다고 맹세했다. 비록 그 때문에 내가 파멸한다 하더라도. 내 심정을 이해하겠지!

우리는 숨을 돌리기 위해 홀을 두세 번 돌았다. 그런 다음 로테가 의자에 앉았고 내가 이전에 따로 챙겨 둔, 이제 유일하게 남아 있는 오렌지 몇 개가 훌륭한 효과를 발휘했다. 그녀가 예의상 오렌지를 한 조각씩 옆자리의 염치없는 여자들에게 건네줄 때마다 나는 심장이 찔리는 듯 아팠다.

세 번째 컨트리댄스 때 우리는 두 번째 쌍이 되었다. 열을 따라 춤추면서 내가 그녀의 팔을 잡고 더할 수 없이 순수한 즐거움이 진솔하게 드러나는 그녀의 눈을 바라보며 얼마나 커다란 희열을 느꼈는지는 하느님만 아실 것이다. 우리는 어느 부인 옆을 지나게 되었다. 이제는 젊다고 할 수 없는 얼굴인데 사랑스러운 표정 때문에 이미 내 눈길을 끈 부인이었다. 그녀는 미소를 지으며 로테를 바라보더니, 경고하듯 손가락 하나를 추켜세우곤 우리 곁을 휙 지나가면서 의미심장하게 알베르트란 이름을 두 번 불렀다. 내가 로테에게 물었다.

"물어봐도 실례가 안 된다면, 알베르트가 누구죠?"

그녀가 막 대답하려던 참에 우리는 큰 8 자 모양을 그리기 위해 서로 떨어져야 했다. 우리가 서로 교차해서 스쳐 지나칠 때 그녀의 이마에 뭔가 깊이 생각하는 기색이 비치는 듯했다. 그녀가 회전 연결 동작 스텝을 밟기 위해 손을 내밀면서 말했다.

"당신에게 뭘 숨기겠어요. 알베르트는 훌륭한 사람으로 저와 약혼한 사이나 다름없습니다."

이것은 새로운 사실이 아니었지만(여자들이 여기로 오는 도중에 이미 말해 주었으니까) 완전히 새롭게 느껴졌다. 불과 얼마 안 되는 시간 사이에 내게 아주 소중하게 되어 버린 그녀와 관련지어 생각해 보지 않았기 때문이다. 어쨌거나 나는 혼란스러워 정신을 잃고 순서가 아닌 쌍 사이에 끼어들어 춤판을 뒤죽박죽으로 만들고 말았다. 로테가 정신을 똑바로 차리고 잡아끌고 당겨서 신속히 다시 정상으로 돌려놓았다.

오래전부터 지평선에서 번개가 번쩍였고 나는 번번이 그저 마른번개일 뿐이라고 주장했다. 그런데 무도회가 다 끝나지 않았는데 번개가 더욱 심해지기 시작하더니 천둥소리가 음악 소리를 눌러 버리고 말았다. 숙녀 셋이 춤 대열에서 이탈하고 그 파트너들이 뒤를 따랐다. 무도회장의 질서가 마구 흐트러지고 음악도 멈추었다. 즐거운 시간을 보내고 있는데 느닷없이 불행이나 끔찍한 일이 벌어지면 그 인상이 보통 때보다 더 강렬해지기 마련이다. 즐거움과 불행의 대비가 생생하게 느껴지기 때문이기도 하고, 이보다 더 큰 이유는 우리 오관五官이 일단 민감하게 깨어 있는 상태에서는 외부에서 오는 인상을 보다 빨리 받아들이기 때문이다. 여러 여자가 기묘하게 얼굴을 찡그리는 것을 보았는데, 나는 이런 원인 때문에 생겨난 현상이라고 생각하지 않을 수 없었다. 한쪽 구석으로 가서 창문을 등지고 앉아 귀를 막은 여자가 가장 현명했다. 다른 한 여자는 그녀 앞에 무릎 꿇고 앉아 머리를 첫 여자의 무릎 사이에 파묻었다. 또 다른 여자는 그 두 여자 사이로 비집고 들어가 눈물을 펑펑 쏟으며 그들을 자매인 양 껴안았다. 몇몇 여자는 집으로 돌아가려고 했다. 어찌해야 좋을지 모르는 여자들도 있었다. 이들은 정신이 없어서 젊은 장난꾸러기들의 뻔뻔스러운 짓을 보고도 막지 못했다. 이 장난꾸러기들은 잔뜩 겁을 먹고 애타는 심정으로 하늘을 향해 기도하는 아름다운 여자들의 입술을 훔치느라 여념이 없어 보였다. 몇몇 남자는 아래층으로 내려가서 조용히 파이프 담배를 피웠다. 여주인이 기지를 발휘해 덧문과 커튼이 있는 방으로 옮기라고 하자 나머지 사람들은 그 제안에 따랐다. 우리가 그 방에 들어가자마자 로테는 분주히 의자를 원형으로 세워 놓았고, 그녀의 말에 따라 사람들이 의자에 앉자 로테는 어떤 게임을 설명했다.

나는 여러 사람이 벌칙으로 달콤한 키스를 기대하며 벌써부터 입을 쫑긋 내밀며 팔다리를 쭉 뻗는 모습을 보았다. 로테가 말했다.

"우리 숫자 세기 게임을 해요. 자, 주목해서 들어 주세요. 제가 오른쪽에서 왼쪽으로 빙 돌 테니 여러분은 돌아가면서 자기 차례의 숫자를 외치시는 겁니다. 들불처럼 재빨리 이어져야 합니다. 머뭇거리거나 숫자를 틀리는 사람은 벌칙으로 따귀를 한 대 맞습니다. 이렇게 천까지 세겠어요."

이제 재미있는 볼거리가 시작되었다. 그녀가 한 팔을 쭉 뻗은 채 원을 그리며 돌았다. 첫 번째 사람이 "하나" 하고 시작하고, 그다음 사람이 "둘", 그다음 사람이 "셋", 이렇게 계속되었다. 그런 다음 로테가 더 빨리 돌기 시작했고, 점점 더 속도를 높였다. 그러자 한 사람이 실수를 했고 찰싹 따귀를 맞았다. 웃음을 터뜨리느라 그다음 사람도 실수를 해서 찰싹 맞았다. 속도가 점점 더 빨라졌다. 나도 두 번이나 따귀를 맞았는데 로테가 다른 사람들보다 나를 더 세게 때렸다는 것을 알아차린 것 같아 내심 흐뭇했다. 이렇게 웃고 떠드느라 천까지 다 세기 전에 게임이 끝났다. 친한 사람들끼리 다시 어울려 자리를 떴고 천둥 번개도 지나갔다. 나는 로테를 따라 홀로 들어갔다. 그녀가 가면서 말했다.

"사람들이 따귀를 맞느라 정신이 팔려 천둥 번개며, 그로 인한 걱정이며 모두 잊어버리고 말았지 뭐예요!"

나는 아무런 대꾸도 하지 못했다. 그녀가 말을 이어 갔다.

"저도 제일 겁먹은 사람 가운데 하나였는데, 대담한 척 다른 사람들에게 용기를 불어넣어 주다 보니 저 자신도 힘이 생기더군요."

우리는 창가로 갔다. 멀리서 천둥소리가 들려왔고 비가 멋지게 보슬보슬 땅 위에 떨어졌다. 너무도 상큼한 향기가 따사로운 대기에 가득 실려 우리에게 올라왔다. 그녀는 창틀에 양 팔꿈치를 괴고 서서 바깥을 뚫어져라 바라보았다. 그녀는 하늘을 쳐다보다가 시선을 나한테 돌렸는데 눈에 그렁그렁한 눈물이 보였다. 그녀가 손을 내 손 위에 올려놓으며 말했다.

"클롭슈토크!"[16]

나는 즉각 그녀가 염두에 두고 있는 그 장엄한 송가[17]를 떠올렸고 그녀가 이 암호로 나에게 쏟아 부은 감정의 강물 속에 빠져들었다. 나는 더 참지 못하고 머리를 그녀 손 위로 구부려 입술을 갖다 댔다. 그러면서 더할 수 없는 환희의 눈물을 흘렸다. 그런 다음 다시 그녀의 눈을 쳐다보았다. 고귀한 시인이시여! 당신을 신처럼 떠받든다는 것을 이 여인의 눈길에서 보셨어야 합니다. 나는 이제 뭇사람들의 입에 자주 올라 더럽혀진 당신의 이름을 로테 아닌 다른 사람의 입에서는 결코 두 번 다시 듣고 싶지 않습니다!

6월 19일

지난번 편지에 어디까지 얘기했는지 모르겠다. 분명히 기억나는 것은 새벽 2시에 잠자리에 들었고, 만약 네게 편지를 쓰는 대신 마주 보고 이야기할 수 있었더라면 아마도 너

---

16 Klopstock. 18세기 독일 계몽주의 시대의 시인.
17 〈봄의 제전〉.

를 아침까지 붙잡아 두었을 것이란 사실이다.

무도회에서 돌아오는 길에 무슨 일이 있었는지는 아직 얘기하지 않았고, 오늘도 얘기할 형편이 아니다.

그날의 일출은 정말 장관이었다. 이슬방울이 떨어지는 숲과 봄비로 인해 싱그러워진 들판이 주위에 펼쳐졌다! 우리와 동행한 여자들은 졸았다. 로테가 나도 자지 않겠느냐고 물었다. 자기한테 신경 쓸 필요 없다는 뜻이었다. 내가 그녀의 눈을 똑바로 바라보며 말했다.

"아가씨의 눈이 초롱초롱 떠 있는 한 제가 졸 염려는 없습니다."

우리 두 사람은 그렇게 졸음을 참으며 그녀 집 대문 앞까지 왔다. 하녀가 조용히 대문을 열어 주고 그녀의 질문에 아버지와 아이들은 별일 없으며 모두 아직 자고 있다고 단언했다. 나는 헤어지면서 그날 중으로 다시 만나게 해 달라고 청했고 그녀는 승낙했다. 나는 그렇게 집으로 돌아왔다. 그 시간 이후에도 해와 달과 별들은 편안히 제 갈 길을 가겠지만 나는 때가 낮인지 밤인지조차 분간하지 못하겠고, 내 주위에서 세상이 전부 사라져 버린 듯했다.

6월 21일

나는 하느님께서 성자들에게 마련해 주신 것 같은 행복

한 나날을 보내고 있다. 내가 앞으로 어떻게 되건 간에 인생의 즐거움, 지순한 즐거움을 맛보지 못했다는 말은 해서는 안 될 것이다. 너는 내가 좋아하는 발하임이란 마을을 잘 알 것이다. 나는 이곳에 완전히 자리를 잡았고, 이곳에서 로테에게 가는 데에는 불과 30분밖에 걸리지 않는다. 그곳에서 나는 내가 존재한다는 것을 느끼고 인간에게 주어진 모든 행복을 느낀다.

산책의 목적지로 발하임을 정했을 때 인근에 낙원이 있다는 것을 어찌 생각할 수 있었겠나! 멀리까지 산책을 나갈 때면 때로는 산 위에서, 때로는 평지에서 강 너머로 이제 내 모든 소망을 담고 있는 그 수렵관을 얼마나 자주 바라보았던가!

친애하는 빌헬름, 나는 온갖 생각을 곰곰이 해 보았다. 자신의 폭을 넓히고 새로운 것을 발견하며 이리저리 돌아다니고 싶어 하는 인간의 욕망에 대해서도 생각해 보았고, 또 현실적 제약에 순응해 관습의 궤도를 따라가면서 왼쪽이든 오른쪽이든 자기 주변의 어떤 일에도 신경 쓰지 않으려는 내적 충동에 대해서도 생각해 보았다.

내가 여기에 와 언덕 위에서 아름다운 계곡을 내려다보면 주변의 경치가 내 마음을 끌어당기지. 참으로 경이로운 일이다. 저기 저 편의 아담한 숲! 아, 그 그늘 속으로 들어가 볼 수 있다면! 저기 저 산봉우리! 아, 그 위에서 이 드넓은 지역을 조망할 수 있다면! 겹겹이 이어지는 언덕과 마음이 끌리는 골짜기들! 아, 내가 그 안에서 사라져 버릴 수 있다면! 나는 서둘러 그곳에 갔다가 돌아왔으나 찾기 바라던 것은 찾지 못했다. 아, 멀리 떨어진 곳은 미래와 같은 것! 뭔가 거대하고 희미한 전체가 우리 영혼 앞에 멈춰져 있지만 우리 감각은 우리 눈과 마찬가지로 그 안에서 떠돌 따름이다. 아! 우리는 우리의 온 존재를 바치기를, 오직 하나의 위대하고 황홀한 감정의 환희로 우리 자신이 가득 채워지기를 간절히 바란다. 그러나 아! 서둘러 달려가 보면, 저기가 이제 여기가 되고 나면 모든 것이 이전이나 다름없고 우리는 가련한 상태, 제한된 삶 속에 다시 처하게 되며 우리 영혼은 사라져 버린 청량제를 다시 갈구하게 된다.

그리하여 정처 없이 떠도는 방랑자일지라도 마지막엔 다시 조국을 그리워하게 되고 자기의 오두막에서, 아내의 품안에서, 자식들 사이에서, 그리고 처자식을 먹여 살리는 일 속에서 넓은 세상에서 헛되이 찾아다녔던 환희를 찾게 되는 것이다.

아침마다 해가 뜨면 발하임으로 가 그곳 식당의 채소밭에서 내가 먹을 완두콩을 직접 따고 자리에 앉아 깍지를 까면서 틈틈이 호메로스를 읽는다. 그리고 좁은 부엌에서 냄비를 하나 골라 버터를 잘라 넣고 완두콩을 넣은 다음 불에 올려놓고 뚜껑을 닫는다. 그 옆에 앉아 가끔 완두콩을 이리저리 젓는다. 이럴 때면 페넬로페의 방자한 구혼자들이 황소와 돼지를 잡아서 고기를 잘라 굽는 장면[18]이 아주 생생하게 느껴지곤 한다. 이런 가부장적 생활의 특징만큼 조용하면서도 참된 느낌으로 내 마음을 채워 주는 것은 없다. 나는 다행스럽게도 그런 특징을 허세를 부리지 않고서도 내 생활 방식에 접목할 수 있다.

제 손으로 기른 양배추를 자기 식탁에 올리는 사람이 느끼는, 대수롭지는 않지만 소박한 기쁨을 내가 가슴으로 느낄 수 있다는 것이 얼마나 좋은지 모르겠다. 단순히 양배추만이 아니라, 양배추를 심던 화창한 아침 시간이며 물을 주던 온화한 저녁때 등 그것이 쑥쑥 자라는 모습을 보며 기뻐했던 좋은 날들의 모든 기쁨을 그 한순간에 다시 맛보는 것이다.

6월 29일

그제 시내에서 의사가 관리관을 찾아왔는데, 내가 로테의 동생들과 어울려 방바닥에서 노는 광경을 보게 되었다. 내 몸 위에 올라와 이리저리 기어 다니는 아이들이 있는가

---

18   호메로스의 《오디세우스》 제20권 참조.

하면 나를 놀려 대는 아이들도 있었고, 나도 아이들을 간질이며 함께 고함을 지르기도 했는데 이런 모습을 보았던 것이다. 의사는 아주 고지식한 사람으로 말을 하면서 소맷부리의 주름 장식을 가다듬거나 주름을 한도 끝도 없이 잡아당기기도 하는 모습이 아이들과 노는 내 모습이 분별 있는 사람의 체통에 어울리지 않는다고 여기는 것 같았다. 이것을 나는 그의 표정을 보고 눈치챘다. 하지만 나는 조금도 개의치 않고 그 사람이 잘난 척 설교하도록 내버려 두고선 아이들이 허물어 버린 카드 집을 다시 지어 주었다. 그 후 의사는 시내를 돌아다니며 관리관의 아이들이 그렇지 않아도 버릇이 없는데 베르테르라는 사람이 완전히 망쳐 놓을 거라고 툴툴거렸다.

그렇다. 친애하는 빌헬름, 아이들이 이 세상에서 내 마음에 가장 가깝다. 아이들을 지켜보며 이다음에 커서 그들에게 반드시 필요하게 될 모든 덕목과 능력의 싹을 본다. 고집에서는 장차 흔들리지 않는 군건한 성격을, 변덕스러운 장난기에서는 세상의 위험을 뛰어넘을 수 있는 긍정적인 기질과 경쾌함을 예견한다. 이 모든 것이 조금도 손상되지 않고 온전한 상태이다! 그럴 때마다 나는 언제나 인류의 스승이신 분의 금언을 되뇌곤 한다. '너희가 어린이처럼 되지 않으면.'[19] 그런데 친구야, 우리 어른과 대등한 존재이고 우리가 본보기로 삼아야 할 어린이를 우리는 아랫사람처럼 취급한다. 아이들은 의지를 가져서는 안 된다는 것이다! 그렇다면 우리도 의지를 가지지 않는다는 것인가? 그리고 어른의 특권은 대체 어디에 있단 말인가? 우리가 나이가 더 많고 더 똑똑하기 때문이라고 한다! 하늘에 계신 신이시여, 당신의 눈에 보이는 건 나이 든 아이와 나이 어린 아이일 뿐 다른 구별은 없습니다. 그리고 어느 쪽을 더 기꺼워하시는지는 당신의 아드님께서 이미 오래전에 밝히셨습니다. 그러나 우리 인간은 예수님을 믿는다고 하면서 정작 예수님의 말씀은 귀담아 듣지 않습니다. 이미 오래전부터 그래 왔습니다! 그리고 아이들을 자기 자신의 본을 따 가르치고 있습니다. 안녕, 빌헬름. 이것에 대해 더는 중언부언하고 싶지 않다.

7월 1일

로테가 병든 사람에게 어떤 존재일지는 내 가련한 가슴에서 직접 느낄 수 있다. 이 가슴은 병상에서 고통 속에 죽어 가는 많은 사람보다 더 심하게 앓고 있으니까. 그녀는 며칠 동안 시내에 사는 한 성실한 부인 집에서 보낼 예정이다. 의사들의 말에 따르면 그 부인은 임종이 가까운데 생의 마지막 시간을 로테가 지켜 주기를 바란다고 한다. 나는 지난

---

19   《마태복음》18장 3절 참조.

주에 로테와 함께 성壁 ○○○라는 작은 마을의 목사를 방문했다. 그 마을은 산자락에서 옆으로 한 시간가량 떨어진 곳에 있었다. 우리는 4시경 그곳에 당도했다. 로테는 둘째 여동생을 데리고 갔다. 우리가 키 큰 호두나무 두 그루의 그늘에 덮인 목사관 앞마당에 들어섰을 때 그 선량한 노인은 현관문 앞의 긴 의자에 앉아 있었다. 노인은 로테를 보자 새로 기운을 얻은 듯 마디가 있는 지팡이도 잊은 채 벌떡 일어나 걸어 나와 그녀를 맞이하려고 했다. 로테는 달려가 옆에 앉으면서 노인을 애써 의자에 앉히곤 아버지의 심심한 안부를 전하고 노인의 막내둥이, 냄새나고 지저분한 차림의 응석받이를 보듬었다. 그녀가 노인을 대하는 모습을 네가 봤어야 하는데! 가는귀가 먹은 노인이 알아들을 수 있도록 목소리를 높여 젊고 건장한 사람들이 느닷없이 죽은 얘기를 꺼내면서, 카를스바트 온천의 효험이 아주 좋은데 오는 여름에 노인이 그곳에 가기로 한 것은 아주 잘한 결정이라고 칭찬하는 것이며, 노인이 지난번에 뵈었을 때보다 한결 더 건강하고 원기 있어 보인다고 말하는 것도 들었어야 하는데! 그 사이에 나는 목사 부인에게 정중하게 인사를 했다. 노인은 기분이 아주 좋아졌다. 나는 우리에게 기분 좋게 그늘을 드리워 주는 아름다운 호두나무를 칭찬하지 않을 수 없었다. 그러자 노인이 조금 힘들어하면서도 나무의 내력을 얘기해 주기 시작했다.

"저 늙은 호두나무를 누가 심었는지 우린 몰라. 아무개 목사님이 심었다고 하는 사람도 있고 다른 목사님이 심었다고 하는 사람도 있어. 그런데 저 뒤쪽의 수령이 적은 나무는 내 아내와 나이가 같아. 오는 10월이면 쉰 살이 되지. 아내가 저녁 무렵에 태어났는데 장인께서 바로 그날 아침에 심으셨다고 하네. 장인께서는 내 전임자이셨는데 이 나무를 얼마나 아끼셨는지 이루 다 말할 수 없네. 나도 그분 못지않게 이 나무를 좋아해. 가난한 대학생이었던 내가 27년 전 처음 이 마당에 들어섰을 때 아내는 이 나무 아래 통나무에 앉아서 뜨개질을 하고 있었지."

이 대목에서 로테가 노인의 딸에 대해 물었다. 딸은 슈미트 씨와 함께 들에서 일하는 일꾼들한테 갔다는 것이다. 노인이 하던 이야기를 이어 갔다. 전임자가 자기를 좋아하기 시작했고 게다가 그의 딸까지 자기를 좋아했으며, 처음에는 장인의 부목사가 되었다가 나중에 후계자가 되었다는 것이다. 노인의 얘기가 끝나고 얼마 되지 않아 목사의 딸이 앞에서 언급한 슈미트 씨와 함께 정원을 가로질러 왔다. 딸은 진심으로 따뜻하게 로테를 반겨 주었다. 그녀가 적잖이 내 마음에 들었다고 말할 수밖에 없다. 행동이 재빠르고 몸매가 튼실한 갈색 머리 아가씨로 잠시나마 이런 시골에서는 괜찮은 말 상대가 됨직했다. 그녀의 애인은(슈미트 씨가 그녀의 애인임은 이내 드러났다) 섬세하지만 말수가 적은 사람으로, 로테가 거듭해서 끌어들이려고 했는데도 대화에 끼지 않았다. 그가 의사 표현을 않는 것이 사고력의 부족이라기보다는 고집과 언짢은 기분 때문임이 그의 표정에서 드러나 나는 기분이 매우 상했다. 이런 사실은 유감스럽게도 나중에 너무나 분명해졌다. 딸 프리데리케와 우리는 함께 산책을 나갔고, 그녀는 로테, 그리고 가끔 나와 나란히 걷게 되었다. 그러자 원래도 갈색을 띤 슈미트의 안색이 눈에 띄게 어두워져서 로테가 결국 틈을 타 내 소맷자락을 잡아당기곤 내가 프리데리케를 너무 곰살궂게 대한다고 넌지시 주의를 주었다. 그런데 사람들이 서로 괴롭히는 일보다 내게 더 불쾌한 것은 없다. 젊은이들이 마음의 문을 활짝 열어젖히고 온갖 기쁨을 받아들일 수 있는 인생의 개화기에 서로 얼굴을 찡그리며 이 짧은 황금기를 망쳐 버리고선, 그렇게 허비한 것을 벌충할 길이 없다는 사실을 뒤늦게 깨닫는 것이 제일 안타깝다. 이런 생각이 머리를 떠나지 않았다. 우리는 저녁 무렵 목사관으로 돌아와 탁자에 앉아 우유를 마셨다. 화제가 이 세상의 즐거움과 고통으로 바뀌는 것을 기회 삼아 나는 심술이란 것을 진심으로 비판하지 않을 수 없었다. 나는 이렇게 말하기 시작했다.

"우리 인간은 좋은 날은 너무 적은 반면 나쁜 날은 너무 많다고 자주 한탄합니다만, 제 생각엔 이 한탄은 대개 옳지 않은 것 같습니다. 우리가 늘 마음을 열고 하느님께서 매일 매일 베풀어 주시는 좋은 것을 즐긴다면 불행이 닥치더라도 견뎌 낼 힘을 충분히 갖게 될 겁니다."

목사의 부인이 대꾸했다.

"하지만 우리는 우리 기분을 마음대로 통제하지 못하는 걸요. 몸이 얼마나 많이 좌우한다고요! 건강하지 않으면 어딜 가나 편치 않은걸요."

나는 부인의 말이 옳다고 시인하고 말을 이었다.

"그러니까 심술을 병으로 간주하고 치료할 방법이 없는지 찾아보자는 겁니다."

로테가 말했다.

"괜찮은 생각인데요. 적어도 저는 많은 것이 우리 자신에게 달렸다고 생각합니다. 이것은 제 경험을 통해 알게 되었지요. 무슨 일로 짜증이 나거나 화가 날 것 같으면 저는 벌떡 일어나 밖으로 나가 정원을 거닐며 무곡을 두어 곡 부릅니다. 그러면 기분이 말짱해지곤 해요."

내가 그 말을 받았다.

"제가 하려던 말이 바로 그겁니다. 심술은 속성상 게으름과 완전히 똑같습니다, 게으름의 한 종류이니까요. 게을러지기 쉬운 게 인간의 본성입니다. 하지만 일단 용기를 내 마음을 다잡기만 하면 일이 순조롭게 진척되고, 우리는 활동 속에서 진정한 기쁨을 발견하게 되지요."

프리데리케는 이 말을 주의 깊게 들었으나 젊은 친구는 내게 이의를 제기했다. 인간은 자기 자신을 통제하지 못하는데, 제일 통제하기 어려운 것이 감정이라는 이야기였다. 내가 이렇게 대꾸했다.

"여기서 문제 되는 건 불쾌감인데, 누구나 떨쳐 버리고 싶어 하는 감정입니다. 그런데 실제로 시도해 보기 전까지는 자기 힘이 어디까지 미치는지 아무도 모릅니다. 병든 사람은 틀림없이 의사란 의사는 죄다 찾아다니며 묻고, 건강해지기 위해서라면 제아무리 싫더라도 포기하라는 것은 포기하고 쓰디쓴 약도 마다하지 않을 겁니다."

나는 그 훌륭한 노인이 우리 대화에 끼려고 귀를 쫑긋 세워 애써 들으려는 모습을 보곤 목소리를 높여 그분을 향해 말했다.

"수많은 악덕을 경계하는 설교는 있지만, 설교단에서 심술을 경계했다는 말은 아직 들어 보지 못했습니다."[20]

그러자 노인이 말했다.

"그런 설교는 도시의 목사가 해야 돼. 농부들은 불쾌할 일

---

20   지금은 이에 대한 탁월한 설교문이 18세기 스위스 목사 · 철학자인 라바터 (Lavater)의 〈요나서〉 설교집에 들어 있다.-원주

이 별로 없거든. 하지만 그런 설교가 해가 되지 않을 경우도 있겠군. 적어도 목사 자신의 아내나 우리 관리관님에게는 도움이 될 거야."

그 자리의 모든 사람이 웃음을 터뜨렸고, 노인도 통쾌하게 웃다가 사레가 들어 기침을 쏟아 냈다. 그 바람에 우리 대화가 한동안 중단되었다. 이윽고 젊은이가 다시 입을 열었다.

"당신은 심술을 악덕이라고 하셨는데, 제가 보기엔 좀 지나친 것 같습니다."

내가 대답했다.

"자기 자신과 이웃을 해롭게 하는 것을 악덕이라 불러 마땅하다면, 절대 지나치지 않습니다. 우리가 서로서로 행복하게 해 주지는 못할망정 각자 마음속으로 다시 한번 음미할 수 있는 즐거움마저 빼앗아야 하겠습니까? 심술이 나는데도 속이 깊어 그것을 숨기고 혼자 감당하면서 주위 사람들의 즐거움을 망치지 않는 사람이 있다면 어디 한번 대 보세요. 그보다는 심술이란 것이 자기 자신의 비천함에 대한 내적인 언짢음이나 자기 자신에 대한 불만이 아닐까요? 이런 감정은 언제나 어리석은 허영심이 부추기는 시기심과 붙어 있기 마련입니다. 우리가 행복하게 해 주지 않는데도 행복한 사람들을 보게 되는데, 그걸 참지 못하는 겁니다."

내가 말하면서 취하는 제스처를 보고 로테는 나를 향해 미소를 지었다. 프리데리케의 눈에 맺힌 눈물방울에 자극을 받은 내가 말을 이었다.

"남의 마음을 휘어잡고 있는 힘을 그 사람 내부에서 싹터 나오는 소박한 기쁨을 빼앗는 데 악용하는 자들은 화를 당해도 쌉니다. 그런 폭군의 질투 어린 불편한 심기가 망쳐 버린 기쁨의 순간 자체는 세상의 그 어떤 선물이나 호의도 대신하지 못합니다."

그 순간 나는 가슴이 마구 복받쳤다. 수많은 지난 일에 대한 회상이 내 영혼에 밀려와 눈에 눈물이 고였다.

내가 목소리를 높여 말했다.

"날마다 자기 자신에게 이렇게 말할 수 있다면 얼마나 좋겠습니까! '네가 친구들에게 해 줄 수 있는 것이라곤 그들이 기뻐하게 하고, 그들의 행복을 함께함으로써 그 행복을 키워 주는 것밖에 없다. 그들의 영혼이 애태우는 열정에 시달리고 근심 걱정으로 문드러질 때 한 방울이라도 진정제를 줄 수 있느냐.' 그리고 꽃처럼 한창 피어나는 시기에 제가 망가뜨린 한 여인이 있다고 가정해 봅시다. 그 여인이 지금 끔찍한 병에 걸려 생명이 꺼져 가는 가련한 모습으로 병상에 누워 있습니다. 멍하게 천장을 바라보는 그녀의 창백한 이마에는 식은땀이 연이어 솟아나는데, 저는 마치 저주받은 사람처럼 침대 앞에 서 있다고 칩시다. 그러면 제가 가진 재산과 능력, 그 어떤 것으로도 아무것도 해 줄 수 없음을 뼈저리게 느끼고 마음속 깊이 불안에 떨며, 그 죽어 가는 여인에게 조금이나마 기력과 용기를 불어넣어 줄 수만 있다면 모든 걸 다 바쳐도 좋다고 생각할 겁니다."

이런 말을 하는 도중에 내가 직접 겪었던 그런 장면의 기억이 걷잡을 수 없이 엄습했다. 나는 손수건을 꺼내 눈을 가리고 그 자리를 떠났다. 나를 향해 돌아가자고 외치는 로테의 목소리를 듣고서야 나는 겨우 정신을 차렸다. 그녀가 돌아오는 길에 내가 모든 일에 너무 따뜻한 관심을 쏟는다고 얼마나 나무랐던가! 그러다간 망가질 테니 조심해야 한다고! 오, 천사여! 당신을 위해서라도 살아야겠다!

7월 6일

로테는 여전히 임종을 앞둔 부인 곁을 지키고 있다. 그녀는 언제나 변함이 없고 도움이 필요할 때면 반드시 옆에 있는 마음씨 착한 사람으로 그녀의 눈길이 닿는 곳마다 고통을 덜어 주고 사람을 행복하게 만들어 준다. 그녀는 어제 저녁 마리아네와 어린 말헨[21]과 함께 산책을 했다. 나는 그것을 알고 중간에서 만나 함께 걸었다. 우리는 한 시간 반쯤 걷고 난 후 시내를 향해 발길을 돌려 그 우물로 갔다. 그 우물은 내게 아주 소중한데 이제는 천배나 더 소중하다. 로테는 담 위에 앉았고 우리는 그녀 앞에 서 있었다. 나는 주위를 둘러보았다. 아, 내 마음이 외롭기만 하던 시절의 기억이 다시 떠올랐다. 내가 중얼거렸다.

"정다운 우물아, 그때 이후로 서늘한 네 곁에서 쉬지 않았어. 네게 눈길조차 주지 않고 서둘러 지나친 적도 한두 번이 아니구나."

내가 아래쪽을 내려다보니 말헨이 물 한 컵을 들고 분주하게 올라오는 모습이 보였다. 나는 로테를 바라보며 내가 그녀에게 갖는 감정을 모조리 느꼈다. 그 사이 말헨이 물컵을 들고 다가왔다. 마리아네가 그것을 받으려고 했다. 그러자 꼬마가 아주 귀여운 표정을 지으며 외쳤다.

"안 돼! 로테 언니, 언니가 먼저 마셔야 해."

나는 꼬마의 말에 담긴 진정성과 다정함에 감동했고, 그 감정을 달리 표현할 길이 없어 아이를 번쩍 들어 올려 힘차게 입을 맞추었다. 그러자 아이가 즉각 비명을 지르며 울기 시작했다. 로테가 "해서는 안 될 짓을 하셨어요"라고 말했다.[22]

나는 당황했다. 로테는 동생의 손을 잡고 계단을 내려가면서 말을 이었다.

_____

21   Malchen. 아말리에(Amalie)의 애칭.
22   로테는 자신의 어린 여동생에게 남자가 입을 맞추면 보기 흉한 수염이 생긴다는 이야기를 장난삼아 해 준 적이 있다.

"말헨, 이리 온. 우물에서 깨끗한 물을 떠 얼른 씻어라, 얼른. 그럼 괜찮아질 거야."

나는 말뚝 박힌 듯 그 자리에 서서 아이가 열심히 고사리 손에 물을 묻혀 뺨을 문지르는 모습을 지켜보았다. 아이는 신통한 우물물이 더러운 것을 말끔히 씻어 내 주고 보기 흉한 수염이 생겨나는 치욕을 막아 준다고 철석같이 믿는 듯했다. 로테가 그만 됐다고 해도 아이는 마치 부족한 것보다는 지나친 것이 효과가 더 좋다는 듯 열심히 계속 씻었다. 빌헬름, 네게 고백하지만 나는 이보다 더 경건한 마음으로 세례식에 참례해 본 적이 없다. 로테가 계단을 올라왔을 때 나는 마음 같아서는 한 민족의 죄를 모두 씻어 낸 예언자에게 하듯 그녀 앞에 엎드려 감사하고 싶었다.

저녁때, 흐뭇한 마음에 그 일을 어떤 남자에게 이야기하지 않고는 배길 수 없었다. 분별력이 있어 심성이 인간적이라고 믿는 사람이었다. 그런데 웬걸! 전혀 뜻밖의 반응이 돌아왔다. 그는 로테가 매우 잘못했다고 말했다. 어린아이를 속여서는 안 된다, 그런 거짓말은 수많은 오류와 미신의 싹이 될 수 있으니 그것으로부터 아이를 일찌감치 보호해야 한다는 얘기였다. 그때 그 사람이 일주일 전에 세례를 받았다는 사실이 생각났다. 그래서 아무 말도 하지 않은 채 그냥 넘기고 진실을 마음속에 담아 두었다. 즉, 우리는 하느님

이 우리를 대하듯 어린아이를 대해야 한다는 진실 말이다. 우리가 즐거운 공상 속에서 비틀거리게 놓아둘 때 하느님은 우리를 가장 행복하게 해 주시는 것이다.

7월 8일

사람은 실로 어린아이 같다! 단 한 번 바라봐 주는 눈길을 이리도 간절히 원하다니! 나는 정녕 어린아이다! 우리는 발하임으로 갔다. 여자들은 마차를 타고 갔다. 우리가 산책하는 동안 내가 믿는 바로는 로테의 까만 눈동자에서……. 내가 바보지, 이 바보를 용서해라. 너도 그걸, 그 눈동자를 보아야 하는데. 간단히 요점만 말하자면(졸려서 눈이 저절로 감기기 때문이다) 여자들이 마차에 탔고, 마차 주위에 W라는 청년, 젤슈타트, 아우드란, 그리고 내가 서 있었다. 여자들이 마차 문을 사이에 두고 사내들과 잡담을 나누었다. 사내들은 다분히 가볍고 경박한 분위기를 풍겼다. 나는 로테의 눈동자를 찾았다. 맙소사, 그 눈동자는 이 남자 저 남자에게 옮겨 다니는 게 아닌가! 그러나 나! 나! 나! 마음을 다 바쳐 오로지 그녀만을 바라보는 나를 향하지는 않았다! 나는 마음속으로 안녕이라는 작별 인사를 되뇌고 또 되뇌었다! 그런데도 그녀는 나를 바라보지 않았다! 이윽고 마차가 우리 옆을 지나갔고 내 눈에는 눈물 한 방울이 맺혔다. 나는 떠나가는 로테를 눈으로 쫓았다. 기대앉은 그녀의 머리 장식이 마차 문밖으로 나오는 것이 보였다. 그녀가 뭔가 보려고 고개를 돌렸다. 아! 나를 보려던 것일까? 사랑하는 친구야, 나는 아직도 이런 긴가민가함 속에서 떠돈다. 아마도 나를 뒤돌아보려던 것이라는 생각으로 위안을 삼으려 한다. 아마도! 잘 자라. 아, 난 정녕 어린애가 아닌가!

7월 10일

사람들 사이에서 로테 이야기가 나오면 내가 얼마나 바보같이 구는지 네가 직접 봐야 하는데! 심지어 내게 그녀가 마음에 드느냐고 물어 오는 사람까지 있는데, 그런 경우에 더욱 그렇다. 마음에 든다? 나는 이 말이 죽도록 싫다. 로테가 오관과 감정을 가득 채워 주지 않고 단지 마음에 들기만 하는 사람은 도대체 어떻게 생겨 먹은 사람이란 말인가! 마음에 들다니! 최근에 어떤 사람이 내게 오시안[23]이 마음에 드느냐고 물었다.

7월 11일

M부인이 아주 위독하다. 나는 부인이 소생하기를 기원한다. 이 고통을 로테와 함께하기 때문이다. 로테가 여자 친구

---

23 Ossian. 켈트족의 전설을 바탕으로 맥퍼슨(Macpherson)이 지은 영웅서사시 《오시안의 노래》.

네 집에 가는 일은 드문데, 오늘은 그녀가 내게 아주 놀라운 이야기를 해 주었다. M노인은 매우 인색하고 욕심 많은 농부로, 살아오는 동안 아내를 몹시 못살게 굴고 속박했다. 하지만 부인은 언제나 헤쳐 나갈 줄 알았다. 며칠 전 의사가 그녀의 목숨이 얼마 남지 않았다고 진단했을 때 그녀는 남편을 불러오라고 해서(로테도 방 안에 있었다) 이렇게 말했다고 한다.

"당신한테 털어놓을 게 하나 있어요. 내가 죽고 난 다음에 혼란과 말썽이 생길지 모르니까요. 나는 지금까지 할 수 있는 한 아끼면서 야무지게 살림을 꾸려 왔어요. 그런데 지난 30년 동안 당신을 속여 온 것을 용서해 주셔야 해요. 당신은 신혼 초에 부엌살림과 집안일에 쓸 생활비로 아주 작은 액수를 책정했어요. 우리 살림 규모가 커지고 생업도 늘어났을 때 그에 맞춰 주당 생활비를 올려 달라고 해도 당신은 꿈쩍도 하지 않았어요. 간단히 말해 우리 살림 규모가 가장 커졌을 시기에 당신이 한 주에 7굴덴[24]으로 꾸려 가라고 요구한 것을 당신도 알 거예요. 저는 군소리 없이 그 돈을 받고 부족한 것은 매주 물건을 판 돈에서 끌어다 충당했어요. 안주인이 계산대의 금고에 손을 대리라고 짐작할 사람은 없었을 테니까요. 나는 한 푼도 낭비하지 않았어요. 이

24　Gulden. 14~17세기 독일의 금화.

일을 털어놓지 않고서도 마음 편히 저세상으로 떠나갈 수 있을 거예요. 하지만 내가 죽은 뒤에 살림을 맡을 여자가 달리 헤쳐 나갈 방도를 찾아내지 못할 수도 있고, 또 당신도 여전히 첫 아내는 그 돈으로도 꾸려 갔다고 주장할 수 있으니까요."

나는 로테와 사람의 감각이란 믿을 수 없을 정도로 현혹될 수도 있다는 얘기를 했다. 비용이 어쩌면 곱절이나 되는 것이 분명한데도 7굴덴으로 충분하다고 한다면, 그 배후에 반드시 무슨 꼼수가 있으리라는 것을 어찌 의심하지 않는단 말인가. 하기는 내가 아는 사람들 가운데도 조금도 이상하게 생각지 않고 예언자의 영원히 바닥나지 않는 기름 단지가[25] 자기 집에 있다고 믿는 사람들이 있긴 하다.

7월 13일

아니다, 내 자신을 속이는 게 아니다! 나는 로테의 까만 눈동자에서 나와 내 운명에 대한 진정한 관심을 읽을 수 있다. 그렇다, 나는 느낀다. 그리고 이 점에서 내 마음을 믿어도 될 것이다. 그녀가 나를…… 아, 이 말로 천국을 표현해도 될까, 또 표현할 수 있을까? 그녀가 나를 사랑한다는 것을 느낀다.

---

25   구약 〈열왕기〉 상권 17장 14~16절 참조.

나를 사랑한다! 그녀가 나를 사랑하고부터 내가 나 자신에게 얼마나 소중한 존재가 되었는지! 내가…… 너는 그런 것에 대한 감각이 있으니 너한테는 고백해도 될 것이다. 나 자신을 얼마나 숭배하게 되었는지!

이것이 주제넘은 망상일까, 아니면 진실한 관계에서 나온 감정일까? 로테의 마음 한구석을 차지할까 봐 내가 두려워할 만한 사람은 없다. 그렇지만 그녀가 약혼자 얘기를 할 때면, 지극히 따사롭고 애정을 담아 얘기할 때면 나는 마치 명예와 체면을 모두 잃은 상태에서 대검[26]마저 빼앗긴 사람 같아진다.

7월 16일

아, 내 손가락이 나도 모르게 로테의 손가락에 닿거나 우리 발이 탁자 아래에서 닿기라도 하면 온몸의 피가 얼마나 끓어오르는지! 나는 마치 불에 덴 듯 몸을 움츠리지만 어떤 신비한 힘이 나를 다시 앞으로 몰아댄다. 나는 모든 감각을 잃고 어질어질 현기증을 느낀다. 아! 천진무구한 그녀는, 편견이 없는 그녀의 영혼은 이런 사소한 신체 접촉으로 인해 내가 얼마나 괴로워하는지 느끼지 못한다. 심지어 말을 주고받는 도중에 그녀가 자기 손을 내 손 위에 올려놓거나 대

---

26   자유롭고 자기를 방어할 수 있는 남자의 상징.

화의 열기에 휩쓸려 내 곁으로 바싹 다가와 그녀 입에서 나오는 천상의 숨결이 내 입술에 닿기도 한다. 그럴 때면 나는 마치 벼락에 맞은 듯 아래로 가라앉는 것 같다. 그런데, 빌헬름! 만약 내가 감히 어느 땐가는 이 천상의 여인을, 이런 믿음을……! 내 심정을 이해할 것이다. 아니다, 내 마음이 그렇게 타락하진 않았다! 나약할 따름이다! 너무나 나약하다! 그런데 이것도 타락이 아닐까?

그녀는 내게 성스러운 존재다. 그녀 앞에서는 모든 욕망이 잠잠해진다. 그녀와 함께 있으면 내 마음이 어떤지 도무지 모르겠다. 내 영혼이 온몸의 신경에서 요동치는 듯하다. 그녀가 천사의 힘으로 몹시 단순하면서도 교묘하게 피아노로 연주하는 멜로디가 있다. 그녀가 제일 좋아하는 노래인데 그 곡의 첫 소절만 연주해도 나는 모든 고통과 혼란, 망상에서 벗어난다.

내가 보기에 옛날 음악에 마법의 힘이 있다는 건 틀린 말은 아니다. 그 소박한 노래가 얼마나 내 마음을 사로잡는지! 게다가 그녀가 그 노래를 연주하는 시점이 얼마나 절묘한지 종종 내가 머리에 총알을 박아 넣고 싶을 때 연주해준다. 그러면 내 영혼의 방황과 혼미는 사라지고 나는 다시 좀 더 자유롭게 숨을 쉬게 된다.

빌헬름, 사랑 없는 세상이 우리 심장에 무엇이란 말인가! 불빛 없는 요술 환등이 아니겠는가! 그 안에 작은 등불을 집어넣자마자 하얀 벽에 화려하기 그지없는 그림들이 나타난다! 비록 휙 지나가고 마는 환영에 불과할지라도 우리는 기대에 찬 어린아이처럼 그 앞에서 놀라운 환영을 보고 희희낙락하며 행복해한다. 오늘은 로테를 찾아가지 못했다. 빠질 수 없는 모임이 내 발목을 잡았다. 그러니 어떻게 해야 했을까? 내 하인을 대신 보냈다. 오늘 그녀 가까이에 있었던 사람이나마 내 곁에 두고 싶었기 때문이다. 얼마나 초조하게 하인이 돌아오기를 기다렸던가! 돌아온 하인이 얼마나 반갑던지! 부끄럽다는 생각이 들지 않았더라면 하인의 머리를 잡고 키스해 주었을 것이다.

볼로냐산 중정석은 햇볕을 쬐면 빛을 빨아들여서 어두운 밤에도 한참 동안 빛을 발한다고 한다. 하인은 내게 그런 역할이었다. 로테의 눈길이 그의 얼굴과 뺨, 저고리 단추와 외투 깃에 머물렀다는 느낌 때문에 그 모든 것이 얼마나 성스럽고 귀하게 보였는지 모른다. 그 순간 돈 천 탈러를 준다는 사람이 있어도 그 아이를 내주지 않았을 것이다. 그 아이와 함께 있으니 기분이 아주 흐뭇했다. 이런 내 꼴을 보고 제발 웃지는 마라. 빌헬름, 이렇게 우리 기분을 좋게 해 주는데,

이게 환영일까?

"로테를 만난다!"

아침마다 잠에서 깨어나 상쾌하게 찬란한 해를 바라볼 때면 외치곤 한다.

"그녀를 만난다!"

하루 종일 달리 바랄 것이 없다. 이 기대가 다른 모든 것을 집어삼킨다.

나를 M 공사와 함께 ○○○로 보내려는 어머니와 네 생각은 아직 내 것이 되진 않았다. 나는 누구 밑에 종속되는 것이 싫을뿐더러 공사가 호감이 가지 않는 사람임은 우리 모두 아는 사실이다. 어머니는 내가 공직에서 활동하기를 바라신다고 하는 네 말에 나는 실소하고 말았다. 그렇다면 내가 지금은 아무 활동도 하지 않는단 말이냐? 그리고 내가 완두콩을 세나 편두를 세나 근본적으로 매한가지가 아니겠나? 세상만사란 허접한 짓으로 귀결되기 마련이다. 자기 자신의 열정이나 욕구가 아닌데도 돈이나 명예 또는 그 외의 어떤 것을 얻을 목적으로 남을 위해 뼈 빠지게 일하는 인간은 틀림없이 바보다.

7월 24일

내가 그림 그리기를 등한시해서는 안 된다고 네가 늘 염려하기 때문에 그때 이후로 한 게 별로 없다고 털어놓으니, 이 일은 그냥 넘어가고 싶은 심정이다.

내가 지금보다 더 행복한 적이 없었고, 작은 돌멩이 하나 풀포기 하나에 이르기까지 자연에 대한 내 감정이 이보다 더 충만하고 진지한 적은 여태 한 번도 없었다. 그런데도…… 이런 내 상황을 어떻게 표현해야 좋을지 모르겠다. 사물을 구체적으로 떠올리는 내 능력이 너무 빈약해 모든 것이 내 영혼 앞에서 흐릿하게 떠돌고 이리저리 흔들려서 나는 그 어떤 윤곽도 잡지 못하겠다. 그러나 점토나 밀랍이 있다면 이런 것들을 형상으로 빚어낼 수 있으리라는 상상을 해 본다. 이런 상태가 오래 지속된다면 점토를 반죽해서 만들어 보겠다. 설사 그것이 겨우 케이크 같은 것이 될지라도!

로테의 초상화를 세 번 시도했으나 세 번 다 보기 좋게 실패하고 말았다. 얼마 전에 로테를 만나 아주 행복했기에 더욱 화가 났다. 그 후 그녀의 실루엣을 그렸고, 그것으로 만족해야 할까 보다.

그러지요, 친애하는 로테. 뭐든지 다 들어 드리고 해 드리 겠습니다. 그저 일만 더 많이, 더 자주 맡겨 주세요. 한 가지 부탁이 있습니다. 앞으로 제게 보내는 편지에 모래를 뿌리지 는[27] 말아 주세요. 오늘 당신의 편지를 받고 곧장 입술에 갖 다 댔더니 모래가 씹히더군요.

로테를 너무 자주 찾아가지 않겠다고 벌써 여러 번 마음 먹었다. 그래, 누가 그런 결심을 지킬 수 있겠나! 날이면 날 마다 그녀를 보고 싶은 유혹을 이기지 못하면서도, 내일 하 루만이라도 찾아가지 말자고 굳게 다짐한다. 그러다가도 아 침이 되면 또다시 피치 못할 핑계를 찾아내서 나도 모르는 새에 그녀 집에 가 있다. 그 핑계란 이런 것이다. 그녀가 그 전날 저녁때 헤어지면서 내게 "내일도 오실 거죠?"라고 했 다. 그러니 어찌 안 갈 수 있겠나? 또는 그녀가 내게 어떤 일 을 부탁한다. 그러면 나는 그녀에게 그 결과를 직접 얘기해 주는 것이 예절에 맞는다고 생각하는 것이다. 이도 저도 아 니면 화창한 날씨를 핑계 삼아 발하임으로 간다. 일단 그곳 에 가 있으면 고작 30분이면 그녀에게 갈 수 있다! 그녀의

27　잉크가 번지는 것을 막기 위함이다.

숨결을 느낄 수 있는 분위기에 너무 가까이 온 것이다. 그러면 획! 순식간에 그녀 집에 당도한다. 할머니는 언젠가 자석으로 된 산의 동화[28]를 얘기해 주셨다. 그 산에 너무 가까이 다가가는 배는 갑자기 쇠붙이가 죄다 떨어져 나간다. 못이 산으로 날아가서 배에 탄 가련한 사람들은 무너져 내리는 널빤지 사이에서 허우적댄다는 것이다.

7월 30일

알베르트가 돌아왔다. 그래서 나는 여기를 떠날 것이다. 만약 그가 아주 훌륭하고 고결한 사람이어서 내가 어느 면에서나 뒤떨어진다면 그것을 흔쾌히 인정할 용의는 있다. 그렇다 할지라도 그 사람이 내 면전에서 수많은 점에서 완벽한 로테를 차지하고 있는 상황을 보는 것은 견디기 어려운 일이리라. 차지한다는 것! 간단히 말해, 빌헬름, 그녀의 약혼자가 돌아왔다! 그는 착실하고 다정한 사람이라 누구나 호감을 가질 수밖에 없다. 다행히 나는 그 사람을 맞이하는 자리에는 없었다. 만약 내가 그 자리에 있었더라면 가슴이 갈가리 찢어졌으리라. 그는 또 점잖아서 내가 있는 자리에서는 아직 한 번도 로테에게 키스하지 않았다. 하느님께서 그에 대해 보상해 주시기를! 그가 약혼녀를 존중하기 때문에

---

28 《천일야화》에 나오는 이야기.

나도 그를 좋아할 수밖에 없다. 그는 내게 잘 대해 주려고 하는데, 이것은 그 자신의 감정에 따르는 것이라기보다는 로테의 입김이 작용한 결과라고 짐작된다. 이런 일에는 여자가 섬세하고 또 올바로 판단하니까. 비록 성공하는 경우가 드물긴 하지만, 두 숭배자가 서로 사이좋게 지내게 할 수 있다면 이득을 보는 것은 항상 여자 쪽이다.

어쨌거나 나는 알베르트에게 경의를 표하지 않을 수 없다. 그의 의연한 겉모습은 숨길 수 없는 내 불안한 성격과 뚜렷한 대조를 이룬다. 그는 감정이 풍부하고 로테가 자신에게 어떤 존재인지를 잘 알고 있다. 그는 심술이 거의 없는 것 같이 보이는데, 네가 알다시피 심술은 내가 사람에게서 다른 어떤 것보다 싫어하는 죄악이다.

그는 나를 분별 있는 사람으로 여긴다. 그래서 로테에 대한 내 애착, 그녀의 일거수일투족에 대한 내 뜨거운 기쁨은 그의 승리감을 키워 주고, 그로 인해 그는 더욱더 그녀를 사랑하게 된다. 그가 때때로 사소한 질투심 때문에 그녀를 괴롭히는지 아닌지는 내 알 바 아니지만, 만약 내가 그의 입장이라면 질투라는 악마로부터 완전히 자유롭지는 못할 것이다.

알베르트가 어찌하든 간에 내가 로테 곁에 있는 기쁨은 사라지고 말았다. 어리석다고 해야 할까, 아니면 눈이 멀었다고 해야 할까? 뭐라 하든 무슨 상관이람! 사실 자체가 분명히 말해 주는 마당에! 알베르트가 돌아오기 전에 나는 지금 알고 있는 사실을 이미 다 알고 있었다. 그녀에게 어떤 것도 요구할 수 없다는 것을 알았고 실제로 어떤 요구도 하지 않았다. 다만 이토록 사랑스러운 여인을 두고 욕심을 내지 않을 수 있는 한도 내에서 그랬다는 말이다. 그런데도 지금 이 못난 놈은 그런 남자가 실제로 와서 자기한테서 여자를 빼앗아 간다고 눈이 휘둥그레져 어리둥절해하고 있다.

나는 이를 앙다물고 비참한 내 꼴을 비웃는다. 그리고 내가 체념해야 한다고 말하는 사람들이 있다면, 그들을 두 배, 세 배 비웃어 주겠다. 이제는 달라질 수 없기 때문에……. 이런 얼간이들을 내 곁에서 치워 다오. 내가 숲 속을 헤매다가 로테를 찾아가면 알베르트가 그녀네 아담한 정원의 나무 그늘 아래 앉아 있다. 나는 더 이상 어찌할 바 몰라 제멋대로 바보짓을 하고 우스갯소리를 늘어놓거나 두서없는 얘기를 횡설수설하기 시작한다. 오늘 로테가 내게 말해 주었다.

"제발 부탁이니 어제저녁 같은 모습은 보이지 마세요. 그렇게 억지로 익살스럽게 구는 모습은 끔찍해요."

우리끼리니까 하는 말이지만 나는 알베르트가 볼일이 있는 틈을 노렸다가 부리나케 그곳에 간다. 그녀가 혼자 있는 것을 보면 나는 언제나 기분이 좋다.

　친애하는 빌헬름, 피할 수 없는 운명에 순응하라고 요구하는 사람들을 내가 견디기 힘들다고 탓했을 때 절대로 너를 두고 한 말이 아니었다는 것은 틀림없다. 너도 그 비슷한 의견일 수 있을 거라는 데까지는 내 생각이 미치지 않았어, 진정이야. 엄밀히 따지자면 네 말이 옳다. 하지만 한 가지만 지적해야겠다. 세상사가 이것 아니면 저것이라는 양자택일로 결판나는 경우는 극히 드물다. 사람의 코도 매부리코에서 납작코까지 여러 모양이 있듯이 감정과 행동 방식도 각양각색이다.

　그러니까 내가 전반적으로 네 의견에 동의하면서도 양자택일의 빈틈을 비집고 빠져나가려고 하더라도 고깝게 생각하지는 마라.

　네가 말하는 바는 내가 로테를 차지할 희망이 있든지 없든지 둘 중의 하나다. 좋다, 첫 번째 경우에는 희망을 관철시켜서 내 소원을 성취하라는 것이고, 두 번째 경우에는 용기를 내서 내 기력을 완전히 갉아먹게 될 그 비참한 감정을 떨쳐 버리라는 것이다. 친구야, 맞는 말이다. 하지만 말이야 쉽다.

　너는 지병에 걸려 막을 수 없이 서서히 생명이 꺼져 가는 불행한 사람에게 단도로 찔러 단숨에 고통을 끝장내라고 할 수 있겠니? 더구나 그 사람의 기력을 소진시키는 병이 그 고통에서 벗어나려는 용기마저 동시에 빼앗아 가지 않을까?

너도 이와 비슷한 비유를 들어 응수할 수 있을 것이다. 주저주저 미적거리다가 생명을 위태롭게 하느니 차라리 아픈 팔을 잘라 내는 게 낫지 않겠냐고 말이다. 정말 모르겠다! 우리 더는 비유를 들어가며 아옹다옹하지 않기로 하자. 이 정도면 됐다. 그래, 빌헬름, 가끔 벌떡 일어나 이 모든 걸 훌훌 털어 버릴 용기가 솟구칠 때도 있다. 어디로 가야 할지 알기만 한다면 기꺼이 그곳으로 가리라.

저녁

얼마 전부터 방치했던 일기장을 오늘 다시 손에 잡게 되었다. 어떻게 빤히 알면서도 한 걸음 한 걸음 이런 상황 속으로 빠져 들어오게 되었는지를 보고 깜짝 놀랐다. 항상 내 상황을 똑바로 직시하면서도 어린아이처럼 행동했다. 지금도 분명히 보는데 여전히 나아질 기미는 전혀 보이지 않는구나.

8월 10일

내가 바보만 아니라면 아주 훌륭하고 행복한 삶을 살아갈 수도 있을 것이다. 지금 내가 처한 상황처럼 인간의 영혼을 즐겁게 해 주는 데 필요한 멋진 여건들이 골고루 갖추어지기는 쉽지 않을 것이다. 아, 마음이 행복을 만든다는 것은 틀림없는 말이다. 이 사랑스러운 가족의 일원이 되어 노친으로부터 아들처럼 사랑을 받고 아이들로부터 아버지처럼 사랑을 받으며 로테의 사랑까지 받고 있다! 게다가 정직한 알베르트는 심술을 부려 내 행복을 망치지 않고 나를 진정 어린 우정으로 감싸 주며 이 세상에서 로테 다음으로 나를 사랑한다. 빌헬름, 알베르트와 나, 우리 두 사람이 산책하면서 로테에 대해 하는 이야기를 듣는 건 즐거운 일일 것이다. 우리 관계보다 더 우스꽝스러운 건 세상에 없을 테니. 그러나 이 관계로 인해 내 눈에 자주 눈물이 맺히곤 한다.

알베르트가 내게 로테의 올곧은 어머니 얘기를 해 주었다. 그분은 임종을 앞두고 로테에게 집안 살림과 아이들을 맡기고 그에게 로테를 부탁했다고 한다. 그때부터 어떤 다른 정령이 생기를 불어넣어 준 듯 로테가 살림 걱정에서나 동생들을 돌보는 정성에서나 진짜 어머니가 되었고, 단 한 순간도 사랑을 행동으로 실천하지 않거나 일을 소홀히 하지 않았으며, 그런 와중에서도 명랑한 성격과 경쾌한 마음가짐을 잃지 않았다는 것이다. 나는 그와 어깨를 나란히 하고 걸으면서 길가의 꽃을 꺾어 세심하게 꽃다발을 엮고서는, 흘러가는 시냇물에 던지고 조용히 떠내려가는 모습을 바라보았다. 내가 이미 편지에 썼는지 모르겠지만 알베르트는 궁정에서 상당한 보수를 받는 관직을 얻어 이곳에 정착할 모양이다. 그는 궁정에서도 대단히 총애를 받고 있다. 일을 하는 데 있어 똑바르고 성실함이 이 친구와 맞먹을 사람을 나는 거의 보지 못했다.

8월 12일

알베르트가 하늘 아래 가장 훌륭한 사람이라는 것은 분명하다. 어제 그 친구와 진기한 실랑이를 벌였다. 어제 나는 작별 인사를 하려고 그 사람을 찾아갔다. 불현듯 말을 타고 산속으로 가고 싶어졌던 것이다. 지금 이 편지도 산속에서 쓰고 있다. 그 친구의 방 안에서 이리저리 거닐다가 그의 권총들이 눈에 띄었다. 내가 말했다.

"여행 갈 때 가져가게 권총을 빌려줘."

그가 대답했다.

"총알을 장전하는 수고를 마다하지 않는다면 마음대로 해. 저건 그저 장식품으로 걸어 놓았을 뿐이야."

나는 권총 한 자루를 집어 내렸고 그가 말을 계속했다.

"조심한다고 하다가 엉뚱한 불상사를 겪고 나서부터는 이 물건에는 손도 대기 싫거든."

나는 무슨 사연인지 알고 싶은 호기심이 동했다. 그가 이야기했다.

"시골 친구 집에 머무른 적이 있었는데 족히 석 달가량 되었을 때였지. 장전하지 않았지만, 권총 두 자루가 있어 안심하고 잠을 잤지. 비 오는 어느 날 오후 무료하게 앉아 있는데, 나도 모르게 엉뚱한 생각이 드는 거야. 우리가 습격을 받을지도 모른다. 그러면 이 권총이 필요할 것이고, 그러면 우리는……. 이런 생각들이 자꾸 떠오르는 거야. 어떤 기분인지 너도 알 거야. 내가 닦고 장전하라고 권총을 하인에게 넘겨주었지. 그자가 하녀들과 장난치며 권총으로 놀래주려고 하다가 어찌 된 일인지 총이 발사되고 말았어. 장전용 꽂을대가 꽂혀 있었는데 그것이 그만 튕겨 나가 한 하녀의 오른손 엄지손가락 아래쪽 살 속으로 파고들어 엄지손가락을 박살 내고 만 거야. 그래서 나는 울고불고 한탄하는 소리를 듣는 것에 더해 치료비도 물어 줘야 했지. 그때부터 어떤 총기든 장전하지 않고 놓아두지. 여보게 친구, 조심한들 대체 무슨 소용인가? 위험이란 완전히 예방할 수 없는 법! 하지만……."

빌헬름, 내가 그 사람을 아주 좋아하지만 그가 "하지만" 하고 단서를 다는 짓은 제외한다는 걸 너도 이해할 것이다. 왜냐하면 모든 보편적인 명제에 예외가 있음은 자명하기 때문이다. 그러나 이 사람은 이런 식으로 정당화하려고 들거든. 그는 뭔가 성급하게 판단하거나 너무 일반적이거나 반쯤 옳은 말을 했다는 생각이 들면, 그것을 제한하고 수정하고 추가하고 빼기를 멈추지 않아서 결국 그 말에 아무것도 남아 있지 않게 되고 만다. 이번에도 그 친구가 길게 설교를 늘어놓더라. 나는 결국 그의 말에 귀를 기울이지 않고 공상에 잠겼다가 성급한 동작으로 총구를 내 오른쪽 눈 위 이마에 갖다 댔다. 그러자 알베르트가 권총을 아래로 끌어 내리면서 말했다.

"아니! 이게 무슨 짓이야?"

내가 대꾸했다.

"총이 장전되지 않았잖아."

그가 성마르게 말했다.

"그래도 그렇지, 대체 뭐하자는 짓이야? 인간이 아무리 어리석어도 어떻게 총으로 자살할 수 있는지 상상도 안 된다. 그런 생각만으로도 혐오감이 치솟아."

내가 큰 소리로 응수했다.

"너 같은 사람들은 어떤 일에 대해 이야기하기 시작하면 대뜸 '그것은 어리석다', '그것은 현명하다', '그것은 좋다', '그것은 나쁘다!' 하기 일쑤지. 그런데 그 말들이 대체 무슨 의미지? 그런 행동을 한 속사정을 살펴보고 한 말인가? 그런 행동을 하고 또 할 수밖에 없는 원인을 확실히 밝혀낼 수 있다는 건가? 그러면 그렇게 성급하게 판단하지는 않을 거야."

알베르트가 말을 받았다.

"어떤 특정한 행동은 그 동기가 무엇이든 간에 죄악일 수밖에 없다는 것을 너도 인정할 거야."

나는 어깨를 으쓱하면서 그의 말에 동의하고 말을 이어갔다.

"여보게 친구, 하지만 여기서도 몇몇 예외가 있어. 도둑질이 죄악이라는 것은 맞아. 그러나 지금 당장 굶어 죽어 가는 자기 자신과 가족을 살리기 위해 도둑질에 나서는 사람이 있다면 동정을 받아야 할까, 아니면 벌을 받아야 할까? 부정을 저지른 아내와 그녀를 유혹한 비열한 간부에게 정당한 분노가 치밀어 그들을 처단한 지아비에게 누가 나서서 돌을 던질 수 있겠나?[29] 더없이 행복한 시간에 너무도 강력한 사랑의 환희에 어쩔 줄 모르는 여인에게 누가 돌을 던질 텐가? 우리나라의 법도, 그 냉혹하고 고지식한 법관도 마음이 움직여서 처벌을 유보할 거야."

알베르트가 반론을 제기했다.

"그건 경우가 달라. 격정에 휩쓸린 사람은 분별력을 전부 잃기 때문에 술 취한 사람이나 미친 사람으로 간주되니까."

내가 웃으면서 큰 소리로 대꾸했다.

"맙소사, 너 같은 이성적인 사람들이란! 격정! 술에 취했다! 광기! 너희 도덕군자는 전혀 동정하지 않는 채 태연히

---

29   〈요한복음〉 8장 7절 참조.

방관하면서 술 취한 사람을 나무라고 정신 줄을 놓은 사람을 혐오하고 성직자처럼 피해 가면서[30] 하느님께서 자기를 그런 사람으로 만들어 주지 않은 것을 바리새인처럼 고마워하겠지.[31] 나도 취해 본 적이 한두 번이 아니야. 나를 사로잡은 격정은 광기와 별로 다르지 않았지. 그러나 나는 이 두 가지 다 후회하지 않아. 왜냐하면 예로부터 뭔가 위대한 일, 불가능해 보이는 일을 성취해 낸 비범한 인물 모두가 취한 사람, 미친 사람으로 매도되었다는 사실을 내 나름으로 알아차렸기 때문이지.

그런데 일상생활에서도 어느 정도 자유롭고 고귀하며 예기치 않은 행동을 하는 사람이 거의 예외 없이 '저 사람 취했군', '저 사람 바보짓을 하네!'라고 헐뜯는 뒷소리를 듣는 것은 참기 어려워. 너희 냉철한 사람들, 부끄러운 줄 알아야지! 너희 똑똑한 사람들, 창피한 줄 알아야 해!"

알베르트가 반박했다.

"또다시 터무니없는 생각을 하는군. 너는 모든 걸 너무 과장해. 적어도 이 경우 네 생각은 분명히 옳지 않아. 지금 문제 되고 있는 건 자살인데, 너는 그것을 위대한 행동과 비교하잖아. 자살은 나약함으로 볼 수밖에 없는데 말이야. 고통스러운 삶을 꿋꿋하게 견뎌 내기보다 목숨을 버리는 일이

---

30 〈누가복음〉 10장 31절 참조.
31 〈누가복음〉 18장 11절 참조.

당연히 더 쉬울 테지."

나는 대화를 끝내려고 했다. 난 진심을 다해 이야기하는데 상대방은 별 의미 없는 진부한 얘기를 반론이랍시고 꺼내는 것보다 더 열나게 하는 일은 없기 때문이다. 하지만 그런 말은 과거에도 자주 들었고 그에 대해 화를 내기도 해서 나는 진정하고 조금 격한 목소리로 대꾸했다.

"그것을 나약함이라고 칭하나? 제발, 겉으로 드러나는 것에 현혹되지 마라. 폭군의 가혹한 폭정에 시달리던 백성이 참다못해 마침내 들고일어나 압제의 쇠사슬을 끊어 버린다면, 그것도 나약함이라고 할 테냐? 자기 집이 불길에 휩싸이는 것을 보고 화들짝 놀라서 젖 먹던 힘까지 쥐어짜 평소에는 엄두도 내지 못하던 무거운 짐을 거뜬히 옮기는 사람, 모욕을 당해 격분한 나머지 여섯 명을 상대로 싸워 이기는 사람, 이런 사람들도 나약하다고 할 텐가? 이보게 친구, 이렇게 전력을 다하는 것이 강인함이라면 지나친 긴장이 어째서 그 반대인 나약함이라는 건가?"

알베르트는 나를 바라보며 말했다.

"고깝게 여기지 말고 들어 봐. 네가 열거한 예는 이 경우에 전혀 맞지 않는 것 같다."

내가 말을 받았다.

"그럴지도 모르지. 내 연상 방식이 때때로 상관없는 것들을 앞뒤로 연결해 종잡을 수 없다는 비난을 자주 받았으니까. 평소에는 편안하게 감당하던 인생이라는 짐을 벗어 던지기로 결심한 사람이 어떤 심정일지 다른 방식으로 상상해 볼 수 있을지 생각해 보자. 어떤 일에 대해 공감할 경우에나 그 일에 대해 얘기할 자격이 있기 때문이야."

나는 말을 이어 갔다.

"인간의 본성에는 한계가 있어. 일정 한계까지는 즐거움을 느끼거나 괴로움과 고통을 견뎌 내지만, 그 한계를 넘어서면 곧바로 망가지고 말지. 그러니까 여기서 문제되는 것은 사람이 나약한지 강인한지가 아니라, 정신적인 것이든 육체적인 것이든 괴로움을 어느 한계까지 견뎌 내느냐 하는 거야. 그래서 나는 스스로 목숨을 끊는 사람을 비겁하다고 하는 것은 적절치 않다고 생각한다. 악성 열병에 걸려 죽는 사람을 비겁하다고 하는 것이 사리에 맞지 않는 것과 마찬가지지."

알베르트가 외쳤다.

"그건 궤변! 터무니없는 궤변이야!"

내가 응수했다.

"네가 생각하듯 그렇게 터무니없는 궤변은 아닐걸. 인간의 심신을 공격해 기력의 일부는 바닥내고 또 일부는 기능하지 못하게 해서 다시는 기력을 회복할 수 없게 하고, 제아무리 신통한 요법으로도 정상적인 생명 순환의 복구를 불가능하게 하는 병을 죽음에 이르는 병이라고 한다는 것에 너도 동의할 거야.

여보게 친구, 이제 이것을 우리 정신에 적용해 보자. 한계에 봉착한 사람을 보라고. 외부에서 오는 인상들이 그에게 어떻게 작용하고 관념들이 어떻게 머릿속에서 굳어지는지를 보라고. 그 결과 격정이 커져서 그는 차분한 사고력을 전부 잃고 파멸하게 되지.

침착하고 이성적인 사람이 그런 불행한 자의 상태를 제대로 파악한다 할지라도 아무 소용이 없고, 설득해 봤자 소용없어! 병상을 지키는 건강한 사람이 병자에게 기력을 조금도 불어넣어 줄 수 없는 것과 마찬가지야."

이 말이 알베르트에겐 너무 일반적인 것으로 들렸던 모양이다. 나는 얼마 전 익사체로 발견된 아가씨를 상기시키고 그 사연을 다시 이야기해 주었다.

"그 젊고 착한 아가씨는 집안 살림을 거들고 매주 정해진 일을 하는 좁은 생활 테두리 안에서 자랐어. 그녀의 낙이라곤 일요일이 되면 하나씩 하나씩 장만해 둔 장신구로 치장하고 친구들과 어울려 마을을 한 바퀴 돌거나 큰 명절이 돌아오면 춤을 추러 가거나 그 밖에 말다툼이나 흥볼 거리가 생기면 신이 나서 이웃집 여자와 몇 시간이고 수다를 떠는 것이 고작이었지. 그러다가 천성이 불같이 뜨거운 그녀는 마침내 좀 더 내밀한 욕망을 느꼈고, 사내들의 알랑방귀 탓에 그 욕망은 더욱 커져서 이전에 느꼈던 기쁨은 점점 시들해 졌어. 그러다가 마침내 한 남자를 만나 지금까지 알지 못했 던 감정을 느끼고 그 남자에게 거역할 수 없이 끌리게 되었지. 이제 그녀는 그에게 모든 희망을 걸고, 주변 세상일은 잊은 채 오직 이 남자 외에는 아무것도 보지도 듣지도 못하는 상태로 오로지 그 남자만을 그리워하네. 그녀의 욕망은 무 상한 허영심의 충족에 따른 공허한 쾌락에 빠지지 않고 곧 바로 목표를 향해 나아가. 그의 아내가 되어 영원한 결합 속에서 지금껏 맛보지 못한 모든 행복을 얻고 애타게 바라던 모든 기쁨을 한꺼번에 누리고 싶은 거야. 그녀에게 모든 희 망이 이루어지리라는 확신을 안겨 주는 남자의 거듭된 다 짐, 그녀의 욕망을 키워 주는 대담한 애무가 그녀의 영혼을 온통 사로잡아. 그녀는 몽롱한 의식으로 모든 기쁨의 예감 속에 둥둥 떠다니고, 극도로 긴장되어 있네. 그녀는 마침내 바라던 것 전부를 움켜잡으려고 손을 뻗지. 그런데 애인이 그녀를 버리지. 그녀는 몸이 마비된 듯 굳고 넋이 나가서 천 길 낭떠러지 앞에 서게 돼. 주위는 온통 암흑천지이고 아무 런 전망도 위안도 기대도 없어. 자신이 존재한다는 것을 느 끼게 해 주던 유일한 남자가 그녀를 떠나갔기 때문이네. 그녀에게는 자기 앞에 펼쳐진 넓은 세상도, 잃어버린 것을 벌충해 줄 수 있는 수많은 세상도 보이지 않아. 온 세상으로부터 버림받은 외톨이라고 느끼지. 그리고 끔찍한 심적 고통에 짓눌려 맹목적으로 절벽으로 뛰어내리는 거야. 주위를 둘러싸고 있는 죽음 속에 모든 고통을 던져 끝내려고 하는 거라고. 알겠나, 알베르트. 이건 아주 많은 사람들의 사연이야. 그런데도 이것이 질병의 경우가 아니라고 할 텐가? 인간의 천성이 얽히고설키고 모순되는 힘의 미로에 갇혀서 출구를 찾지 못하면, 인간은 결국 죽을 수밖에 없어.

이를 그저 지켜보면서 이런 말을 하는 사람은 저주를 받을 걸세. '바보 같은 여자로군! 참고 기다렸더라면, 시간이 약이 되어 절망감은 수그러들고 그녀를 위로해 줄 다른 남자가 나타날 텐데.' 이것은 이렇게 말하는 것과 다름없어. '열병으로 죽다니 바보로군! 참고 기다렸다면 기력이 회복되고 활력도 살아나며 끓어오르던 피도 가라앉아 모든 게 다 정상으로 돌아와 오늘까지도 살아 있을 텐데!'"

알베르트는 이 비유가 충분히 구체적이지 않아 납득하지 못하고 몇 가지 이의를 더 제기했다. 무엇보다도 내가 생각이 단순한 여자를 예로 들었다는 것이다. 생각의 폭이 그렇게 좁지 않고 여러 가지 사정을 두루 살필 줄 아는 분별 있는 사람일 경우에는 자살을 어떻게 변명할 수 있을지, 그것이 이해되지 않는다는 것이었다. 나는 큰 소리로 대꾸했다.

"이보게 친구, 인간은 인간일 뿐이야. 일단 격정이 끓어올라 인간이 한계에 도달하면 인간이 가진 알량한 오성悟性은 거의 또는 전혀 힘을 쓰지 못한다고. 오히려…… 이 얘기는 다른 기회에 하지……."

나는 모자를 집어 들었다. 아아, 가슴이 터질 것 같았다. 우리는 서로 상대방을 이해하지 못한 채 헤어졌다. 이 세상에서 한 사람이 다른 사람을 이해한다는 것이 결코 쉬운 일은 아닌 모양이다.

8월 15일

이 세상에서 사랑만큼 인간을 반드시 필요한 존재로 만드는 것은 아무것도 없다는 건 분명하다. 나는 이것을 로테에게서 느낀다. 그녀가 나를 잃고 싶어 하지 않는 듯 보이기 때문이다. 그리고 아이들도 내가 항상 내일 다시 올 거라는 생각밖에는 하지 않는다. 오늘도 그곳에 갔다. 로테의 피아노를 조율하기 위해서였다. 그러나 그 일에는 손도 대지 못했다. 아이들이 동화를 들려 달라고 졸랐고 로테도 아이들의 청을 들어주라고 했기 때문이다. 나는 아이들에게 저녁거리 빵을 잘라 주었다. 이제 아이들은 빵을 로테한테서 받는 것만큼 나한테서 받는 것을 좋아한다. 나는 아이들에게 여러 개 손의 도움을 받는 공주 이야기[32]의 주요 대목을 들려주었다. 이야기를 해 주면서 나도 많이 배운다. 이건 네게 확실히 말할 수 있다. 아이들이 이야기를 들으면서 얼마나 큰 감명을 받는지 깜짝깜짝 놀라곤 한다. 종종 이야기를 하다가 중요하지 않은 세세한 부분은 내가 지어내기도 하는데, 같은 이야기를 다시 들려줄 때 그것을 잊어버리고 빼먹으면 아이들이 즉각 먼젓번에는 달랐다고 지적한다. 그래서 이제는 이야기에 멜로디를 붙여 틀리지 않고 실타래에서 실을 뽑아내듯 줄줄 암송하려고 연습한다. 이 일을 통해 깨달은 것이 있다. 작가가 원래 이야기를 고쳐서 개정판을 낼 경우 개정판이 설령 문학적으로 제아무리 개선되었다 할지라도 필연적으로 원작을 훼손할 수밖에 없다는 교훈이다. 인간은 첫인상을 기꺼이 받아들인다. 그리고 인간은 제아무리 기상천외한 일도 듣고 또 들으면 믿게 된다. 일단 믿고 나면 단단하게 달라붙는다. 그것을 다시 긁어내거나 지워 없애려는 자, 곤경에 처하리라!

8월 18일

인간에게 행복감을 만들어 주는 것이 다시 불행의 근원이 되기도 하는데, 반드시 그래야 하는 걸까?

---

32   갇힌 상태로 굶주리는 공주에게 천장에서 손이 여러 개 내려와 먹을 것을 준다는 내용의 프랑스 동화.

이전에는 생동하는 자연에서 얻는 따사로운 느낌이 내 가슴을 가득 채우고 내게 그리도 많은 희열을 쏟아 부어 주며 주위 세상을 낙원으로 만들어 주었다. 그런데 이제는 바로 그 느낌이 견디기 어려운 고통을 주고 괴롭히는 악령으로 변해 어디를 가든 따라다닌다. 평소 바위에 올라 강 건너 저편 언덕까지 펼쳐진 비옥한 계곡을 내려다보고 주위의 만물이 싹트고 솟아 나오는 광경을 바라보곤 했다. 저편의 산에는 기슭에서 꼭대기까지 키 큰 나무가 울창하고 온갖 형태로 굽어진 골짜기에는 아늑한 숲이 그늘을 드리웠다. 강물은 사각거리는 갈대 사이로 유유히 흐르며 잔잔한 저녁 바람에 실려 온 하늘의 정겨운 구름을 반사했다. 그리고 새들이 지저귀며 주위 숲에 생기를 불어넣어 주는 소리를 들었다. 수백만 모기떼가 석양의 마지막 붉은 햇살 속에서 힘차게 춤을 추었다. 마지막으로 번쩍이는 햇살에 숲 속에 숨어 있던 딱정벌레가 윙윙대며 날아올랐다. 주위에서 벌레들이 붕붕대고 꼼지락거리는 소리에 땅바닥을 바라보았다. 내가 서 있는 단단한 바위에 달라붙어 자양분을 취하는 이끼와 메마른 모래 비탈에서 자라는 덤불을 보았다. 덤불은 자연의 내부에서 치열하게 이루어지는 성스러운 삶을 내게 열어 주었다. 그러면 나는 이 모든 것을 따뜻한 가슴에 받아들이고, 그 넘쳐 나는 풍성함 속에서 마치 신이 된 듯 싶었다. 그리고 내 영혼 속에서는 무한한 세계의 찬란한 형체들이 만물에 활기를 불어넣어 주며 움직였다. 웅장한 산들이 나를 에워싸고 심연이 내 앞에 입을 벌리고 있었다. 폭우로 불어난 계곡물이 쏟아져 내리고 발밑에서는 강물이 콸콸 흐르고 그 메아리가 숲과 산에 울려 퍼졌다. 이 모든 불가사의한 힘들이 땅속 깊은 곳에서 상호작용하고 생명을 창조하는 것을 보았다. 그리하여 대지 위와 하늘 아래 공간에는 온갖 피조물 족속이 바글대는 것이다. 생김새가 각양각색인 이 생명체들이 어디든 터를 잡고 살아간다. 그리고 인간은 좁은 집에서 서로를 보호하고 둥지를 틀고 살면서 제 깐에는 넓은 세상을 지배한다고 자부한다. 한심한 바보가 아니겠는가! 저 자신이 작으니 모든 것을 하찮게 여긴다. 영원히 창조하는 자의 정신은 인간의 발길이 미치지 못하는 산에서부터 황무지를 거쳐 미지의 대양 끝까지 두루 떠돌아다니며 자기 목소리를 알아듣고 살아가는 모든 티끌 같은 존재를 보고 기뻐한다. 아, 그 당시 나는 머리 위로 날아가는 두루미의 날개를 타고 망망대해 끝까지 날아가기를 얼마나 자주 바랐던가! 그곳에서 창조주의 무한한 거품이 이는 잔에서 저 넘쳐흐르는 생명의 환희를 얼마나 마시고 싶었던가! 이 가슴의 미약한 힘으로 단 한 순간이나마 자기 안에서 스스로 만물을 창조하는 존재의 희열을 한 방울이라도 마실 수 있기를 얼마나 바랐던가!

형제 같은 친구여, 그런 시간을 회상하는 것만으로도 내 마음이 푸근해진다. 이루 형용할 수 없는 그 느낌을 되살려 표현하려고 애쓰는 것만으로도 내 영혼이 고양된다. 그러나 이어서 지금 내가 처한 애가 타는 상황을 곱절이나 절감하게 된다.

마치 내 영혼 앞에 드리워진 어떤 장막이 걷힌 듯하고 무한한 삶의 무대가 내 앞에서 영원히 아가리를 벌리고 있는 무덤과 같은 심연으로 바뀐다. 모든 것이 순식간에 스쳐 지나가고 마는데 '저것은 존재한다!'라고 말할 수 있을까? 모든 것이 번개처럼 휙 굴러가 버리고, 존재의 온전한 힘이 거의 지속되지 않고, 아, 거센 물결에 휩쓸려 물속에 가라앉았다가 바위에 부딪혀 박살나고 마는데! 너와 네 주변의 가까운 사람들을 갉아먹지 않는 순간은 하나도 없다. 너는 매 순간 파괴자이고 파괴자일 수밖에 없다. 무심코 하는 산책에서도 수많은 불쌍한 벌레의 목숨을 빼앗는다. 발걸음 하나가 개미들이 애써 지은 집을 짓밟아 개미들의 작은 세계를 처참한 무덤으로 만들어 버린다. 아, 드물게 나타나는 세상의 크나큰 천재지변, 너희 마을들을 휩쓸어 버리는 홍수, 너희 도시들을 집어삼키는 지진은 내 마음을 흔들지 못한다. 내 가슴을 문드러지게 하는 것은 자연의 삼라만상 속에 숨겨진 파괴하는 힘이다. 이 힘은 이웃과 자기 자신을 파괴하지 않는 것은 만들어 내지 않는다. 그래서 나는 이렇게 불안에 떨며 비틀거린다. 하늘과 땅, 그리고 내 주위에서 운명의 피륙을 짜는 그들의 작용, 내 눈에는 영원히 집어삼키고 영원히 되새김질하는 괴물밖에는 안 보인다.

8월 21일

아침마다 마음을 무겁게 하는 꿈에서 어렴풋이 깨어나면 로테를 향해 팔을 뻗어 보지만 허사다. 풀밭에서 그녀 옆에 앉아 그녀의 손을 잡고 키스 세례를 퍼붓는 천진난만한 단꿈을 꾸는 밤마다 침대에서 그녀를 찾아보지만 헛일이다. 아, 그런 다음 비몽사몽간의 황홀경 속에서 그녀를 찾으려고 손을 더듬다가 잠이 깬다. 그러면 옥죄인 가슴에서 눈물이 쏟아지고 나는 암울한 미래를 생각하며 참담하게 운다.

8월 22일

빌헬름, 내 활동력이 불안한 태만으로 변해 버렸으니 불행한 일이다. 한가로이 시간을 보내지 못한다. 그런데 정작 아무것도 할 수 없다. 자연에 대한 상상력도 감정도 없어졌다. 그리고 책도 지겹다. 우리 인간에게 존재 의식이 없으면 모든 것이 없는 것이다. 네게 맹세하건대 내가 차라리 날품

팔이꾼이라면 좋겠다는 생각이 들 때가 있다. 그러면 적어도 아침에 잠에서 깨어나면 하루 일과에 대한 전망, 욕망, 희망을 가질 테니까. 알베르트가 서류 더미에 파묻혀 있는 모습을 보면 나는 자주 부러워진다. 내가 그의 처지라면 참 좋겠다는 상상도 해 본다. 벌써 여러 번 너와 장관님께 편지를 써서 공사관의 그 자리를 부탁해 볼까 하는 생각이 불쑥 떠올랐다. 그 자리에 내가 거절당하지 않을 거라고 네가 장담했었지. 나도 그렇게 믿는다. 장관님은 오래전부터 나를 좋아하시고 무엇이건 일을 해야 한다고 강하게 권하셨다. 나도 그렇게 하면 좋겠다는 생각이 한 시간쯤은 들었다. 그러나 나중에 다시 생각해 보았지. 그리고 또 자유로운 상태가 버거워져서 스스로 안장과 마구를 얹어 달라고 하고선 죽도록 달리는 신세가 되었다는 말에 관한 우화가 떠올랐다. 어찌해야 좋을지 나도 모르겠다. 그런데 친구야, 현 상태의 변화를 갈망하는 이 마음이 혹시 어디를 가나 나를 따라다니는 내면의 불안한 초조감이 아닐까?

8월 28일[33]

만약 내 병이 치유될 수 있는 것이라면 바로 이 사람들이 치유해 줘야 한다는 것은 옳은 말이다. 오늘은 내 생일이다.

---

33 이날은 괴테의 생일이기도 하다.

꼭두새벽에 알베르트가 보낸 선물 꾸러미를 받았다. 그것을 열자마자 연분홍색 리본이 눈에 띄었다. 내가 로테를 처음 알게 되었을 때 그녀가 앞섶에 달고 있던 것 가운데 하나였다. 그 후 나는 여러 번 그것을 달라고 졸랐다. 사륙판 책 두 권도 들어 있었다. 베트슈타인 출판사가 펴낸 작은 판형의 호메로스 작품집이었다. 내가 전부터 자주 갖고 싶어 했던 책이다. 산책길에서 에르네스티 출판사의 무거운 책 대신에 가지고 다니려고 했던 것이다. 자, 보아라. 이 사람들은 내가 바라는 것을 미리 알아서 챙겨 준다. 작은 부분까지 우정의 표시를 해 준다. 이것이 눈을 부시게 하는 선물보다 천배나 더 값지다. 눈부신 선물은 주는 사람의 허영심을 드러내는 것이라 받는 사람에게 굴욕감을 느끼게 한다. 나는 그 리본에 골백번도 더 입을 맞췄다. 그리고 숨을 들이쉴 때마다 짧지만 행복했고 이제는 돌이킬 수 없는 지난날에 나를 넘치도록 가득 채웠던 희열의 추억도 들이마셨다. 빌헬름, 지금 나는 이런 사정이다. 하지만 나는 불평하지 않는다. 인생에서 활짝 핀 꽃은 단지 일시적 현상에 불과하다. 얼마나 많은 꽃이 흔적도 없이 사라지는가! 열매가 열리는 꽃은 얼마나 적은가! 그중에서 무르익는 것은 또 얼마나 소수인가! 하지만 그것만으로도 충분하다. 아, 형제 같은 친구여, 우리가 무르익은 열매마저 등한시하고 무시하며 먹지 않고 그냥 썩

게 내버려 두어도 좋을까?

잘 지내라. 멋진 여름이다. 나는 자주 로테네 과수원에서 열매 따는 기다란 장대를 들고 과일나무에 올라가 앉아 꼭대기에 달린 배를 딴다. 로테는 나무 아래에 서서 내가 떨어뜨리는 배를 받는다.

8월 30일

이 불행한 사람아! 너는 바보가 아니냐? 너 자신을 속이는 것 아닌가 말이다! 이렇게 한도 끝도 없이 미쳐 날뛰는 격정을 어찌할 테냐? 이제 내가 기도하는 대상은 오직 로테뿐이다. 내 상상에 나타나는 것은 오직 그녀의 모습뿐이다. 그리고 나는 나를 둘러싸고 있는 세계의 모든 것을 오로지 그녀와의 관계 속에서만 바라본다. 그러면 행복한 시간을 많이 가지게 된다. 그러나 다시 그녀 곁을 떠나야 할 때까지뿐이다! 아, 빌헬름, 어쩌자고 내 가슴이 나를 이렇게 몰아대는지! 두 시간이고 세 시간이고 그녀 옆에 앉아서 그녀의 자태와 거동, 천상의 언어 표현을 즐기다 보면 오관이 점점 긴장되어 눈앞은 어두워지고 귀에는 아무 소리도 들리지 않으며 마지막엔 마치 자객이 목을 조르는 것같이 숨이 막힌다. 그러면 심장이 격렬하게 고동쳐 짓눌린 오관에 숨통을 틔워 주려고 하지만 오히려 그 혼란만 더욱 키울 뿐이다.

빌헬름, 내가 이 세상에 살아 있는지조차 분간하지 못할 때가 자주 있다! 로테가 자기 손에 얼굴을 묻고 답답한 심정을 눈물로 달래는 비참한 위안조차 허락해 주지 않을 때면 나는 어딘가로 떠날 수밖에 없다. 밖으로 나가 넓은 들판을 쏘다니지 않을 수 없다. 그런 다음 가파른 산을 오르는 것을 낙으로 삼는다. 길이 없는 숲을 뚫고 길을 내며 걷거나 산울타리를 뚫고 가다가 상처를 입기도 하고 가시덤불을 헤치다가 찔리기도 한다! 그러면 기분이 좀 풀린다! 그러나 조금일 뿐이다! 그러다가 지치고 목이 말라서 돌아오는 도중에 가끔 드러눕기도 한다. 때로는 한밤중에 보름달이 하늘 높이 떠 있으면 외딴 숲 속에서 구부정하게 자란 나뭇등걸에 걸터앉아 물집 잡힌 발바닥의 고통을 조금이나마 달랜다. 기진맥진해서 쉬다가 희미하게 밝아 오는 새벽빛 속에 스르르 잠들기도 한다! 아, 빌헬름! 은둔하며 속죄하는 자의 외딴 작은 방, 염소 털로 지은 거친 옷과 가시 달린 허리띠[34]는 내 영혼이 갈망하는 청량제다. 안녕. 이 비참한 상황의 끝은 무덤밖에 없어 보인다.

9월 3일

나는 떠나야만 한다! 빌헬름, 흔들리는 내 결심을 굳혀

---

34 〈마태복음〉 3장 4절 참조.

주어서 고맙다. 로테 곁을 떠날 생각을 품은 지 벌써 2주가 되었다. 나는 떠나야 해. 그녀는 다시 시내에 사는 여자 친구 집에 머물고 있다. 그리고 알베르트는······. 어쨌든······ 나는 떠나지 않으면 안 된다!

9월 10일

참으로 힘든 밤이었다! 빌헬름, 이제 모든 걸 다 극복해 냈다! 로테를 두 번 다시 보지 않겠다! 아, 친구야, 너한테 달려가 목을 껴안고 눈물을 쏟으며 환희에 젖어 내 가슴에 밀려드는 감정들을 토로하지 못하는 것이 못내 아쉽다. 그 러지 못하고 이렇게 여기 앉아서 숨을 헐떡이며 흥분을 가 라앉히려고 애쓰면서 아침이 되기를 기다린다. 해 뜨는 시 간에 맞춰 마차가 오도록 해 놓았다.

아, 그녀는 편안히 잠을 자면서 나를 두 번 다시 보지 못 할 것이라는 생각조차 하지 못한다. 나는 자리를 박차고 빠 져나왔다. 두 시간이나 이야기를 주고받으면서도 내 계획을 뻥긋도 하지 않을 만큼 나는 꿋꿋했다. 세상에, 그것이 어떤 대화였던가!

알베르트는 저녁 식사를 마치자마자 로테와 함께 정원에 나와 있겠다고 내게 약속했다. 나는 키 큰 밤나무 아래 둔 덕 위에 서서 정겨운 계곡과 조용히 흐르는 강물 위로 떨어지는 해를 마지막으로 바라보았다. 나는 자주 그녀와 함께 이 자리에 서서 그 장관을 바라보았는데 이제는……. 나는 정이 흠뻑 든 가로수 길에서 오락가락했다. 로테를 알기 전부터 마음을 끌어당기는 어떤 신비한 힘에 이끌려 이곳에서 자주 발걸음을 멈추곤 했었다. 우리가 처음 안면을 텄을 무렵 피차 이 장소에 마음이 끌린다는 사실을 알고선 얼마나 좋아했던가! 이곳은 미술이 창조해 낸 것같이 지극히 낭만적인 장소 가운데 하나다.

우선 밤나무 사이로 시야가 확 트여 있다. 아, 내 기억으론 네게 이미 상세히 얘기한 것 같지만, 키 큰 너도밤나무들이 벽처럼 사람을 에워싸고 이어서 조경수들로 인해 가로수 길이 점점 더 어두워지다가 마지막엔 사방이 막힌 작은 빈터가 나타나는데 너무 고요해서 으스스한 기운이 감돈다. 어느 날 한낮에 처음으로 이곳에 발을 들여놓았을 때 내 기분이 얼마나 고즈넉했는지 지금도 생생하다. 이곳이 앞으로 행복과 고통의 무대가 되리란 예감이 어렴풋이 들었었다.

대략 30분가량 이별과 재회라는 애달프고도 달콤한 생각에 잠겨 있었는데 그들이 둔덕으로 올라오는 소리가 들렸다. 나는 그들에게 달려가 전율을 느끼며 그녀의 손을 잡고 입을 맞추었다. 우리가 둔덕 위로 올라가자 수풀이 우거진 언덕 뒤에서 달이 막 떠오르고 있었다. 우리는 이런저런 애기를 하다가 부지불식간에 어두컴컴한 정자에 다가갔다. 로테가 정자 안으로 들어가 자리에 앉았다. 알베르트가 그녀 옆에 앉았고 나도 앉았다. 그러나 나는 마음이 불안해서 오래 앉아 있지 못하고 일어나서 그녀 앞으로 갔다가 이리저리 거닐다가 다시 앉았다. 불안한 상태였다. 그녀가 벽처럼 늘어선 너도밤나무가 끝나는 지점에서 우리 눈앞의 둔덕 전체를 환하게 비추는 달빛이 연출하는 멋진 풍광으로 우리의 관심을 돌렸다. 정말로 멋진 광경이었다. 짙은 어둠이 우리를 에워싸고 있기에 그 놀라운 광경이 더욱 멋지게 보였다. 우리는 잠자코 있었다. 한참 있다가 그녀가 말했다.

"달빛 속에서 산책하면 언제나 돌아가신 분들이 생각나요. 죽음과 미래에 대한 생각이 떠오르지 않을 때가 없어요. 우리도 언젠가는 저세상으로 가겠죠!"

그녀는 장엄한 감정에 젖은 목소리로 말을 이었다.

"그런데 베르테르, 우리가 그곳에서 다시 만날까요? 다시 서로를 알아볼 수 있을까요? 당신 예감은 어때요? 뭐라고 말 좀 해 보세요."

나는 눈물이 그렁그렁한 눈으로 그녀에게 손을 내밀면서 대꾸했다.

"로테, 우리는 다시 만날 겁니다! 이 세상에서도 저세상에서도 다시 만날 겁니다!"

나는 더는 말을 잇지 못했다. 빌헬름, 애간장이 타는 심정으로 이별하기로 결심한 터에 그녀가 하필 그런 걸 물어야 했을까!

그녀가 계속해서 말했다.

"그런데 사랑했던 고인들이 우리에 대해 뭔가 아실까요? 우리가 잘 지내고 있고 따뜻한 사랑으로 자기들을 기억한다는 것을 느낄까요? 아! 조용한 저녁나절 어머니의 자식이자 제 자식인 아이들 사이에 앉아 있고, 예전에 아이들이 어머니를 둘러쌌듯이 저를 둘러싸고 있을 때면 항상 돌아가신 어머니의 모습이 눈앞에 어른거리곤 해요. 그러면 그리움의 눈물을 글썽이며 하늘을 쳐다보며 기원한답니다. 돌아가시는 자리에서 제가 어머니에게 다짐했던 약속을 얼마나 잘 지키는지 단 한 순간만이라도 내려다보실 수 있기를요. 그분의 아이들에게 엄마가 되어 주겠다는 게 그 약속입니다. 저는 간절한 마음으로 이렇게 외쳐요. '소중한 어머니, 어머니만큼 제가 동생들에게 하지 못하는 것을 용서해 주세요. 하지만 저는 할 수 있는 것은 다 한답니다. 동생들에게 옷을 입혀 주고 먹여 주고 있어요. 아, 그보다 더한 것도 해주고 있고요. 정성을 다해 보살피고 사랑해 주는 게 그것이지요. 사랑하는 성스러운 어머니, 저희가 화목하게 살아가는 모습을 보신다면 뜨겁게 감사하는 마음으로 하느님을 찬양하실 거예요. 마지막으로 서럽게 우시면서 아이들을 잘 보살펴 달라고 하느님께 간구하셨잖아요.'"

그녀는 이렇게 말했다! 아, 빌헬름, 그녀가 한 말을 누가 온전히 되풀이할 수 있겠는가! 생명 없는 차가운 문자가 어찌 천상의 꽃 같은 정신을 표현할 수 있겠는가! 알베르트가 부드럽게 그녀 말에 끼어들었다.

"사랑하는 로테, 감정이 너무 고조되면 몸에 안 좋아요. 당신 영혼이 쉽사리 그런 생각에 빠진다는 것은 이해하지만 제발 부탁이니……."

그녀가 말했다.

"아, 알베르트, 우리 두 사람이 자그마한 원탁에 앉아서 보낸 저녁 시간들을 당신이 잊지 않고 기억한다는 걸 알아요. 아버지께서는 여행 중이셨고 우리가 동생들을 잠자리로 보내고 나서였지요. 당신은 자주 좋은 책 한 권을 가져왔지만 조금이라도 읽게 되는 경우는 거의 없었어요. 어머니의 거룩한 영혼과의 소통이 그 무엇보다 중요하지 않았나요? 아름답고 온유하며 쾌활하고 항상 활동적인 여인이셨죠! 제가 자주 침대에 엎드려서 어머니를 본받게 해 달라고 눈물 흘리며 기도했다는 사실을 하느님께서는 아실 거예요."

"로테!"

나는 그녀 앞에 몸을 던져 그녀 손을 잡고 쏟아지는 눈물로 적시며 외쳤다.

"로테! 하느님의 축복이 당신 머리 위에 임할 거요. 그리고 당신 어머니의 혼령도 그럴 겁니다!"

그녀가 내 손을 꼭 쥐며 말했다.

"당신이 우리 어머니를 알았더라면 얼마나 좋았을까요! 당신이 알아도 좋을 만한 자격을 가진 분이셨지요!"

나는 정신이 아득해졌다. 나에 대해 이보다 더 훌륭하고 자부심을 느끼게 하는 말은 들어 본 적이 없다.

그녀가 말을 이어 갔다.

"그런데 우리 어머니는 한창 때에 세상을 떠나셔야 했어요. 막내아들이 채 6개월도 되지 않았을 때였지요! 병환이 오래 가지도 않았어요. 어머니는 차분하게 운명을 받아들이셨죠. 다만 자식들, 특히 막내 때문에 마음 아파하셨어요. 임종이 다가오자 어머니가 제게 '아이들을 데려오라'고 말씀하셨어요. 제가 아이들을 방안으로 데려왔지요. 꼬마들은 무슨 영문인지도 몰랐고 나이가 좀 든 아이들은 정신이 없었어요. 아이들이 어머니 침대에 둘러서자 어머니가 양손을 들고 아이들을 위해 기도하셨어요. 그리고 아이들에게 하나씩 차례차례 입을 맞추고는 밖으로 내보낸 다음 제게 당부하셨어요. '아이들의 엄마가 되어 다오.' 저는 어머니의 손을 잡으며 그러겠다고 맹세했어요. 그러자 어머니가 말씀하셨어요. '내 딸아, 네가 한 다짐은 결코 쉬운 것이 아니다. 엄마의 마음과 엄마의 눈을 가지겠다는 약속이다. 네가 자주 이어미에게 감사하며 흘리는 눈물을 보고 네가 그게 무슨 뜻인지 안다는 것을 감지했다. 동생들에게 엄마의 마음과 눈을 가져 다오. 그리고 아버지는 아내의 성심과 순종으로 받들어라. 너는 아버지에게 위로가 될 게다.' 어머니는 아버지를 찾으셨지요. 그런데 아버지는 출타 중이셨어요. 감당할수 없는 슬픔을 우리 자식들에게 숨기시려고요. 아버지는 가슴이 갈가리 찢어지는 심정이셨을 거예요.

알베르트, 당신도 그때 함께 방 안에 있었어요. 어머니가 발걸음 소리를 듣고 누구냐고 묻더니 당신을 가까이 오라고 하셨어요. 그리고 당신을 바라보시고 또 저를 바라보셨지요. 우리 두 사람이 행복하고 앞으로도 함께 가정을 이루어 행복하게 살아가리라는 확신에서 위안을 받은 차분한 눈길이었지요……."

이 대목에서 알베르트가 로테의 목을 끌어안고 입을 맞추며 외쳤다.

"우리는 행복하오! 앞으로도 행복할 거요!"

평소 차분한 성격의 알베르트이지만 완전히 제정신이 아니었고, 나도 정신을 차리지 못했다. 그녀가 다시 말했다.

"베르테르, 그런 여인이 돌아가셔야 하다니요! 세상에! 삶에서 가장 소중한 사람을 떠나보낸다는 일이 어떤 것인지 때때로 생각해 보는데, 아이들만큼 그것을 뼈저리게 느낄 사람은 없을 듯싶어요. 아이들은 검정 옷을 입은 남자들이 엄마를 들고 갔다고 돌아가신 후에도 오랫동안 슬퍼했거든요."

그녀가 일어섰다. 그 바람에 나는 퍼뜩 정신이 들었으나 충격에 휩싸여 그대로 앉아서 그녀의 손을 잡고 있었다. 그녀가 말했다.

"이제 그만 가요. 시간이 되었네요."

그녀는 손을 빼내려고 했으나 나는 더 꼭 잡았다. 그리고 이렇게 외쳤다.

"우리는 다시 만날 겁니다. 어떤 모습을 하고 있건 서로 알아볼 겁니다. 저는 떠나렵니다. 제 의지로 떠나겠어요. 하지만 영원히 떠난다고 말해야 한다면 감당하지 못할 겁니다. 잘 지내요, 로테. 잘 지내게, 알베르트. 우리는 다시 만날 겁니다."

그녀가 농담조로 대꾸했다.

"내일요?"

나는 그 내일이라는 말이 무슨 뜻인지 느꼈다! 아, 그녀는 내 결심을 모르는 채 내가 잡고 있는 자기 손을 빼냈다. 두 사람은 가로수 길을 빠져나갔고, 나는 그 자리에 서서 달빛

속에서 걸어가는 그들의 뒷모습을 바라보았다. 그러다가 땅
바닥에 주저앉아 실컷 울고 난 후 벌떡 일어나서 둔덕 위로
달려가 아래쪽 키 큰 보리수나무 그늘 아래 그녀의 흰옷이
희끗희끗 정원 문을 향해 움직이는 모습을 보았다. 나는 두
팔을 한껏 뻗어 보았지만, 그녀의 옷마저 시야에서 사라지
고 말았다.

제2부

어제 우리는 이곳에 도착했다. 공사는 몸이 불편해서 며칠간 집에 머물 거라고 한다. 그가 그렇게 고약한 사람만 아니라면 만사형통일 텐데. 아무리 생각해도 운명이 내게 혹독한 시련을 주려는 모양이다. 하지만 용기를 내야지! 마음만 가볍게 가지면 무슨 일이든 다 견뎌 낼 수 있다! 가벼운 마음? 이런 말이 내 펜 끝에서 나오다니 웃음이 난다. 아, 타고난 기질이 조금만 더 경쾌하다면 나는 하늘 아래 가장 행복한 사람이 될 텐데! 이게 무슨 꼴이란 말인가! 남들은 대수롭지 않은 능력과 재능을 가지고서도 느긋한 자아도취에 빠져 내 앞에서 허풍을 떨어 대는데 나는 내 능력과 내 재능에 절망하지 않는가! 이 모든 것을 주신 자비로운 하느님, 어째서 그 절반은 보류하고 그 대신 자신감과 자족감을 주지 않으셨습니까?

참아 보자! 인내해 보자! 그러면 좋아질 것이다. 친구야, 이제야 털어놓지만 네 말이 맞다. 하루하루 이곳 사람들 사이에서 시달리면서 그들이 무슨 일을 하고 또 어떻게 살아가는지 보고 나서부터 내 상태가 훨씬 좋아졌다. 확실히 우리 인간은 모든 것을 자기 자신과 그리고 자기 자신을 모든 것과 비교하도록 만들어졌으므로, 행복이나 불행은 우리 자신과 비교하는 대상에 달려 있다. 그러므로 외로움보다 더 위험한 것은 없다. 우리의 상상력은 본질적으로 더 높이 비상하려는 성향이 있고, 문학의 환상적인 이미지에 의해 자란다. 그 결과 상상력은 일련의 존재를 만들어 층층이 쌓아 올리는데, 그중에서 우리가 가장 맨 아래 존재이다. 우리 이외의 다른 것은 모두 우리보다 더 훌륭하게 보이고, 다른 사람은 모두 우리보다 더 완벽하게 보인다. 그런데 이것은 지극히 자연스러운 현상이다. 우리는 자주 자기에게 많은 것이 부족하다고 느끼는데, 우리에게 부족한 바로 그것을 자주 다른 사람은 가진 것처럼 여긴다. 그러고서는 그런 사람에게 우리가 가진 것을 모두 보태 준다. 심지어 삶을 즐기고 있다고 상상한다. 이렇게 행복한 사람이란 관념이 완성되는 것이다. 그것은 우리 자신이 만들어 낸 피조물이다.

이와는 반대로 우리가 제아무리 미약하더라도 힘든 것을 무릅쓰고 꾸준히 앞으로 나아간다면, 더디게 횡보하고 역풍을 맞을지라도 순풍에 돛을 달고 노를 저어 가는 다른 사람들보다 오히려 더 멀리 나아간다는 사실을 알게 되는 경우도 적지 않다. 다른 사람과 나란히 가거나 심지어 앞서갈 때 진정한 자존감이 생겨나는 것이다.

11월 26일

이제 그럭저럭 이곳에 적응하며 살아가기 시작한 것 같다. 가장 좋은 점은 할 일이 많다는 것이다. 그리고 또 각양각색의 사람들이, 온갖 유형의 새로운 사람들이 내 영혼 앞에서 다채로운 연극을 연출한다는 사실이다. C백작을 알게 되었는데 날이 갈수록 더욱 존경하지 않을 수 없는 분이다. 박식하고 식견이 넓으면서도 냉정하지도 않은 분이다. 안목이 넓기 때문이리라. 그분과 교류하면 우정과 사랑에 대한 감정이 빛을 발한다. 위임받은 업무를 전하기 위해 찾아뵈었을 때 내가 처음 몇 마디 말을 떼어 놓자 그분은 우리가 서로 잘 이해하고, 나와는 어느 누구보다 말이 잘 통한다는 것을 알아차리고 내게 관심을 보이셨다. 나로서도 나를 대해 주는 그분의 솔직한 태도를 이루 다 칭송할 수 없다. 상대에게 마음을 열어 주는 위대한 영혼을 보는 것만큼 참되고 뿌듯한 즐거움은 이 세상에 없으리라.

12월 24일

예상했던 대로 공사는 나를 정말 짜증나게 한다. 그는 이 세상에 존재할 수 있는 가장 고지식한 멍청이다. 한 걸음 한 걸음 내디디며 장광설을 늘어놓는 모습이 수다쟁이 노처녀 같다. 절대로 자기 자신에게 만족할 줄 모르는 인간이다. 그래서 남에게 고마워할 줄도 모른다. 나는 일을 쉽고 빠르게 해치우기를 좋아하고 그런 다음에는 있는 그대로 놓아둔다. 그래서 공사는 내가 작성한 문건을 돌려주면서 이렇게 말하곤 한다.

"문건이 괜찮긴 하지만 다시 한번 더 검토해 보게. 더 적절한 어휘와 접사를 찾을 수 있을 걸세."

그러면 나는 머리가 돌아 버릴 지경이 된다. '그리고'나 다른 접속사 역시 하나도 빼놓아서는 안 된다. 그리고 내가 가끔 무심코 쓰는 도치법은 철천지원수처럼 싫어한다. 복문을 전통적인 방식으로 연결하지 않으면 그는 무슨 뜻인지조차 이해하지 못한다. 이런 인간을 상대하는 것은 괴로운 일이다.

C백작이 보여 주는 신뢰가 내 속을 상하지 않게 해 주는 유일한 위안이다. 최근에 그분은 내가 모시는 공사의 느려 터진 일 처리와 꼬치꼬치 따지는 태도가 몹시 불만스럽다는 심정을 솔직하게 털어놓으셨다. 그분이 말씀하셨다.

"그런 사람은 자기 자신은 물론이고 남들까지 힘들게 하지. 하지만 산을 넘어야 하는 여행자처럼 참고 견디는 수밖에 없네. 산이 없다면 당연히 갈 길이 한결 편하고 줄어들겠지. 하지만 산이 있으니 어쩌겠나, 넘어갈 수밖에."

내가 모시는 노 공사도 백작이 자기보다 내게 더 호의적이라는 사실을 알아차린 모양이다. 그것이 못마땅해서 그는 기회 있을 때마다 나를 상대로 백작을 헐뜯곤 한다. 그러면 나는 당연히 반발한다. 그래서 상황이 점점 더 꼬여만 간다. 어제는 공사가 나를 몹시 화나게 했다. 나까지 걸고넘어졌기 때문이다. 백작이 세상사에 유능하고 일도 쉽게 처리하며 글도 잘 쓰지만 문학 애호가가 다 그렇듯 심오한 지식은 부족하다는 얘기였다. 그러면서 그는 '너도 찔리는 구석이 있지?'라고 말하는 것 같은 표정을 지었다. 그러나 그것은 나한테는 전혀 효과가 없었다. 나는 이렇게 생각하고 이런 식으로 처신할 수 있는 사람을 경멸했다. 나는 공사에게 맞서 제법 격렬하게 논쟁을 벌였다. 나는 백작은 인격으로 보나 학식으로 보나 존경하지 않을 수 없는 분이라고 하면서 이렇게 말했다.

"그분만큼 정신세계의 지평을 넓히는 일을 훌륭하게 해낸 사람을 저는 알지 못합니다. 그분은 지평을 넓혀 수많은 대상을 통찰하시면서도 일상생활을 위한 활동력도 견지하십니다."

이 말을 공사의 머리로는 알아들을 리 없었다. 나는 더이상 바보 같은 말로 옥신각신하다가는 치미는 울화만 참아야 할 것 같아 그만 자리를 떴다.

그런데 상황이 이렇게 꼬이게 된 책임은 너와 어머니한테
있다. 이런저런 소리를 늘어놓아 내게 멍에를 씌우고 활동
을 해야 한다고 하도 노래를 불러 댔으니까 말이다. 활동이
라! 감자를 심거나 거둔 곡식을 팔러 말을 타고 도시에 가
는 사람도 나보다 더 많은 일을 할 거야. 만약 그게 아니라
면 지금 쇠사슬로 묶여 있는 이 갤리선에서 10년도 더 일하
겠다.

서로 힐끗힐끗 곁눈질이나 하는 역겨운 족속들 틈에 섞
여 겉만 번지르르한 비참함과 지루함 속에서 살아야 하다
니! 서로 경계하고 감시하는 이 인간들 사이에는 남보다 한
발 앞서 나가려는 출세욕이 팽배하다. 지극히 가련하고 비열
한 욕심이 노골적으로 드러난다. 한 여자를 예로 들어 보겠
다. 그녀는 누구에게나 자신의 귀족 혈통과 영지를 자랑한
다. 그래서 그녀를 잘 모르는 외지 사람은 누구나 그녀를 알
량한 귀족 혈통과 영지의 명성을 대단한 자랑거리로 착각하
는 멍청이로 여긴다. 그런데 더욱 고약한 것은 그녀가 이곳
근처 출신이고 관청 서기의 딸에 불과하다는 사실이다. 이
렇게 지각없이 천박하게 스스로를 욕되게 하는 족속을 이
해할 수 없다.

이보게 친구, 남을 자기 잣대로 재단하는 것이 얼마나 어

리석은 짓인지 날마다 더욱 깊이 깨닫는다. 그런데 나는 내 자신의 문제로도 할 일이 많고 내 가슴은 격정으로 요동치니 다른 사람들은 제 갈 길로 가도록 내버려 두고 싶다. 그들도 나를 내 갈 길로 가도록 내버려 둔다는 전제하에서 말이다.

가장 신경을 거스르는 것은 치명적인 시민사회의 신분 제도다. 나도 신분 차이가 필요하고 그것이 나 자신에게 얼마나 많은 이득을 가져다주는지 누구 못지않게 잘 안다. 하지만 내가 이 세상에서 약간의 즐거움, 한 가닥의 행복을 맛보려는 마당에 그 차이가 걸림돌이 되어서는 안 된다. 최근에 산책을 하다가 B양이라는 귀족 아가씨를 알게 되었다. 신분사회의 경직된 생활 속에서도 자연스러운 천성을 많이 간직하고 있는 사랑스러운 여자다. 우리는 대화를 나누면서 서로 마음이 통했다. 그래서 헤어질 때 나는 그녀 집을 방문해도 되느냐고 허락을 구했다. 그녀가 선뜻 허락해 줘서 나는 적당한 기회를 기다리지 못하고 바로 그녀 집을 찾아갔다. 그녀는 이곳 출신이 아니고 숙모 집에서 살고 있었다. 노부인의 인상은 마음에 들지 않았다. 나는 노부인에게 세심하게 신경을 써서 대화를 그녀에게 집중시켰다. 채 30분도 되지 않아 나는 아가씨가 나중에 직접 털어놓은 사실을 상당히 알아냈다. 상냥한 숙모는 노년에 모든 면에서 곤궁해 이렇다 할 재산도 없고 재주도 없으며 의지할 것이라곤 조상들의 족보뿐이고 보루로 여기는 귀족이란 신분 이외에는 어떤 보호막도 없으며 낙이라곤 자기 집 2층에서 지나가는 평민들을 내려다보며 경멸하는 것밖에 없었다. 그녀는 젊었을 때는 미인이었다고 하는데 인생을 헛되이 날려 버렸다. 젊었을 때는 고집을 부려 여러 불쌍한 청년들을 괴롭혔고 나이가 좀 들어서는 어느 늙은 장교 밑으로 머리를 숙이고 들어가 살았다. 장교는 그 대가로 그런대로 지낼 만한 생활비를 대주고 황혼기를 그녀와 함께 보내다가 죽었다. 이제 그녀도 황혼기에 접어들었고 홀몸 신세인데, 만약 조카딸이 그렇게 상냥하지 않다면 아무도 거들떠보지 않을 것이다.

1772년 1월 8일

정신을 온통 의례에만 쏟고, 수년간 변함없이 위계 서열에서 한 단계라도 더 올라가려고 궁리하고 애쓰는 인간들은 대체 어떤 종자들일까! 그 밖에 다른 할 일이 없어서 그러는 게 아니다. 그런 것이 아니라 위계 상승이라는 사소하고 역겨운 일에 목을 매느라 정작 중요한 일에는 손을 대지 못해 할 일이 산더미처럼 쌓여만 간다. 지난주에는 썰매를 타다가 시비가 붙어 흥이 완전히 깨져 버렸다.

원래 지위가 중요한 것이 아니고, 맨 윗자리를 차지하고 있는 자가 으뜸가는 역할을 하는 경우가 드물다는 사실을 알지 못하는 바보들! 대신에게 조종당하는 왕이 얼마나 많고, 비서에게 조종당하는 대신은 또 얼마나 많은가! 그렇다면 대체 누가 맨 윗사람이란 말인가? 내가 보기에는 다른 사람들을 두루 파악해서 자신의 계획을 실행하기 위해 그들의 힘과 열정을 이끌어 내는 능력이나 지략을 가진 사람일 것이다.

1월 20일

친애하는 로테, 당신에게 편지를 쓰지 않을 수 없군요. 이곳은 지독한 악천후를 피해 들어온 작은 농가의 방입니다. 잠시 머물렀던 D란 침울한 도시에서는 낯설고 마음에 맞지 않는 사람들 사이에서 돌아다니느라 단 한순간도 당신에게 편지를 쓰자는 마음을 먹지 못했습니다. 그런데 지금 눈보라와 우박이 거칠게 작은 창문을 때리는 이 오두막에서, 이 외로움 속에서, 이 제한된 환경에서 제일 먼저 생각난 것이 당신이었습니다. 이 방에 들어오자마자 당신 모습이, 당신에 대한 기억이 저를 엄습했습니다. 아, 로테! 성스럽고 따뜻했던 당신 모습과 기억이! 오, 하느님! 우리가 처음 만나 행복했던 순간이 되살아납니다.

아, 로테, 만약 당신이 저를 보실 수 있다면 마음의 갈피를 잡지 못하고 갈팡질팡하는 모습이겠지요! 제 오관이 얼마나 메말라 가는지! 단 한순간도 가슴이 충만하지 않고 단한 시간도 행복을 느끼지 못합니다! 아무것도 느끼지 못합니다! 아무것도! 마치 요지경 상자 앞에 서 있는 것 같습니다. 그래서 난쟁이와 조랑말들이 눈앞을 스쳐 지나가는 광경을 보면서 혹시 헛것을 보는 것이 아닌지 자문하곤 합니다. 저도 그 놀이에 가담합니다. 그게 아니라 꼭두각시처럼 끌려들어 갑니다. 그래서 때때로 제 옆 사람의 나무로 된 손을 잡고서는 깜짝 놀라 물러납니다. 저녁에는 내일 해돋이를 구경하자고 마음먹어 보지만 아침이 되면 침대에서 일어나지도 못합니다. 낮에는 어두워지면 달빛을 즐겨 보자고 바라지만 막상 밤이 되면 방 안에 처박혀 있습니다. 왜 잠자리에서 일어나는지, 왜 잠을 자는지도 잘 모르겠어요.

제 삶을 움직이던 효모가 바닥났습니다. 한밤중에도 정신을 말똥말똥하게 유지하게 해 주고 아침이면 잠에서 깨워 주던 자극이 사라져 버렸습니다.

여기에서 유일하게 여자다운 여자를 알게 되었습니다. B양이라는 아가씨입니다. 친애하는 로테, 누군가 당신을 닮을 수 있다면 그것은 바로 그녀입니다. 아마 당신은 이렇게 말할 겁니다. "어머나, 이 사람이 달콤한 사탕발림도 하네!" 전혀 틀린 말은 아닙니다. 얼마 전부터 저는 아주 곰살

굳어졌고 재담도 많이 하게 되었어요. 살아가자니 다른 도리가 없었기 때문입니다. 그래서 여자들은 저보다 멋들어지게 칭찬할 줄 아는 사람은 없을 거라고 합니다.(거짓말도 남보다 잘한다고 덧붙여야 해요. 거짓말 없이는 안 되니까요. 무슨 말인지 아시겠지요?) B양 얘기를 하려고 했었지요. 그녀는 감정이 아주 풍부한데, 이것은 그녀의 파란 눈에서 역력히 드러납니다. 그녀의 귀족 신분은 마음속에 품고 있는 소원을 하나도 이루어 주지 못해서 그녀에게 오히려 짐이 됩니다. 그녀는 일상의 번잡에서 벗어나고 싶어 해서 우리는 시골에서 순수한 행복을 느끼는 장면을 몇 시간이나 상상하곤 합니다. 아! 당신 얘기도 합니다. 그녀가 얼마나 자주 당신을 예찬하는지. 억지로 하는 것이 아니라 마음이 움직여 자발적으로 그랬습니다. 당신 얘기를 듣기 좋아하고, 또 당신을 사랑하게 되었답니다.

아, 제가 정들고 친숙한 그 방에서 당신 발치에 앉아 있다면 얼마나 좋겠습니까! 그러면 우리의 귀여운 아이들이 뒤엉켜 제 주위에서 뒹굴겠지요. 당신이 보기에 아이들이 너무 소란스러워진다 싶으면 제 주위로 불러 모아 무서운 동화를 들려주어 잠잠하게 만들 겁니다.

석양빛에 반짝이는 하얀 눈이 덮인 대지 위로 해가 장엄하게 지고 있고 눈보라는 지나갔어요. 저는 다시 새장 속에 틀어박혀야 할 처지입니다. 안녕! 알베르트가 당신 곁에 있나요? 그가 당신을 어떻게……? 하느님, 이런 질문을 용서해 주소서.

2월 8일

　일주일 전부터 날씨가 지독히 나쁘다. 그런데 이것이 나한테는 오히려 다행이다. 여기에 온 이후로 날씨가 화창한 날치고 누군가가 내 기분을 잡쳐서 좋은 날씨까지 망쳐 버리지 않은 날이 하루도 없었기 때문이다. 그래서 이제는 비가 제법 쏟아지거나 눈보라가 치거나 추워지거나 얼음이 녹거나 하면, 이렇게 생각한다. '아하, 집 안에 머무는 것이 밖에 나가는 것보다 나쁘지 않으니 괜찮다.' 또는 그 반대로 '밖에 나가도 괜찮겠다.' 아침에 해가 뜨고 화창한 날이 될 것 같으면 저절로 이렇게 외치게 된다. "하늘이 또다시 좋은 날을 선물로 주었는데 사람들은 이 좋은 날을 서로 차지하려고 옥신각신 다투다가 망쳐 버리겠지!" 그 사람들이 서로 차지하려고 다투지 않는 것은 없다. 건강, 명성, 즐거움, 휴식 등. 대개는 어리석거나 지각이 없거나 속이 좁기 때문에 다툰다. 그런데 저들의 말을 가만히 들어 보면 자기들 깜냥에는 최선의 의견을 제시한다는 것이다. 때때로 저들 앞에서 무릎을 꿇고 제발 그렇게 미친 듯 가슴속을 후벼 파지 말라고 부탁하고 싶다.

2월 17일

　내가 모시는 공사와 나는 이제 더는 함께하지 못할 것 같아 걱정이다. 그는 참으로 견디기 어려운 사람이다. 그가 일을 하고 사무를 처리하는 방식이 하도 우스꽝스러워 나는 이의를 제기하거나 자주 내 생각에 따라 내 방식대로 처리하지 않을 수 없다. 그러면 그는 당연히 못마땅해한다. 이런 일로 그는 최근에 나를 궁정에 고발하기도 했다. 그 일로 장관님이 내게 가벼운 견책을 내렸다. 가벼운 것이지만 견책은 견책이었다. 그래서 나는 사직하기로 작정했다. 그때 장관님에게서 개인적인 서신[35]을 한 통 받았다. 나는 그 편지 앞에 무릎을 꿇고 거기에 담긴 드높고 고귀하며 지혜로운 뜻에 머리를 숙였다. 그분은 너무 예민한 내 감정을 나무랐다. 그리고 활동이나 다른 사람에게 미치는 영향이나 철저한 업무 수행 등에 대한 내 엉뚱한 아이디어를 젊은이다운 훌륭한 패기로서 존중하고, 그것을 완전히 폐기하지 않고 조금 완화해서 제대로 기능하고 효과를 한껏 발휘할 수 있는 분야로 이끌어 가려 한다고 했다. 나 역시 일주일 만에 기력을

35　이 탁월한 어른에 대한 외경심으로, 여기에 언급된 이분의 편지와 한참 뒤에 언급될 편지는 이 서한집에서 제외했다. 독자들이 제아무리 열렬히 고마워한다 해도 이를 수록하는 것은 무모한 짓으로서, 정당화되기 어렵다고 판단해서다.-원주

회복했고 마음의 안정도 찾았다. 영혼의 안정은 참으로 소중한 것이고 자기 자신한테 느끼는 즐거움이다. 친애하는 친구여, 다만 이 보석이 아름답고 값진 만큼 쉽게 깨질 수 있을 텐데 그러지 않는다면 얼마나 좋겠나!

2월 20일

사랑하는 사람들아, 하느님께서 너희를 축복해 주시고 내게서 거두어 가신 행복한 나날을 너희에게 베풀어 주시기를!

알베르트, 네가 날 속여 줘서 고맙다. 너희 두 사람의 결혼 날짜가 언제인지 알려 주는 기별을 기다렸다. 그날이 되면 벽에 걸어 둔 로테의 실루엣을 엄숙하게 떼어 내 다른 서류들 사이에 묻어 두려고 작정하고 있었다. 이제 너희 두 사람은 한 쌍의 부부가 되었는데 그녀의 그림은 아직 여기 걸려 있다! 그럼 그대로 놔두어야겠지. 안 될 이유가 무언가? 나 역시 너희와 함께 있는 것이고, 너한테 폐가 되지 않으면서 로테의 마음속에 자리 잡고 있다. 그렇지, 거기에서 두 번째 자리를 차지하고 있고, 그 자리를 지키고 싶고 또 지켜야 한다. 아, 만약 그녀가 날 잊는다면 나는 미쳐 버리고 말 것이다. 알베르트, 이런 생각 안에 곧 지옥이 있는 것이지. 알베르트, 잘 지내기 바란다. 하늘의 천사여, 잘 지내요. 로테, 안녕!

불쾌한 일을 겪었는데 그 일 때문에 이곳을 떠나야 할 것
같다. 이가 갈린다! 빌어먹을! 그 불쾌한 일은 그 어떤 것으
로도 보상되지 않는다. 이것은 전적으로 나를 닦달하고 다
그치고 성가시게 하면서 원하지도 않은 관직에 밀어넣은 너
와 어머니 탓이다. 결국 이런 꼴이 되고 말았다! 너와 어머
니도 마찬가지이고! 여보게, 친구, 내가 엉뚱한 생각 때문에
일을 망친다는 말을 네가 또 할까 봐 역사 서술가가 기록하
듯 간단명료하게 자초지종을 적겠다.

C백작이 나를 아끼고 각별하게 대우해 준다는 것은 알
려진 사실이고 너한테도 벌써 골백번도 더 이야기했다. 어
제 만찬에 초대를 받아 그분 댁에 갔다. 그런데 그날 저녁에
지체 높은 신사 숙녀들의 파티가 예정되어 있었다. 나는 그
런 모임이 있다는 사실을 몰랐고 우리같이 지체 낮은 사람
이 낄 자리가 아니라는 것도 눈치채지 못했다. 어쨌거나 나
는 백작 댁에서 식사를 했고, 우리는 식사를 마치고 나서는
널따란 홀에서 이리저리 거닐었다. 나는 백작과 대화했고
그 자리에 끼어든 B대령과도 이야기를 나누었다. 그러는 가
운데 파티 시간이 다가오고 있었다. 나는 정말 아무런 짐작
도 하지 못했다. 그때 위세 당당한 S부인이 남편과 딸과 함
께 들어왔다. 잘 부화한 거위 새끼 같은 딸은 가슴이 평평하

고 예쁜 코르셋 차림이었다. 이들은 내 옆을 지나가면서 조상 대대로 전해 내려온 지체 높은 귀족 특유의 눈빛과 콧구멍을 보여 주었다. 이런 족속을 보면 속이 역겨운지라 나는 그 자리를 떠나고 싶어 백작이 다른 사람들과 나누는 지겨운 잡담에서 벗어나기만 기다렸다. 그때 내가 아는 B양이 들어왔다. 그녀를 볼 때마다 기분이 좀 밝아지기 때문에 나는 머물기로 하고 그녀가 앉은 의자 뒤에 가 섰다. 그런데 시간이 어느 정도 지난 뒤에야 비로소 그녀가 나와 이야기하는 품이 평소보다 덜 허심탄회하고 조금 난처해한다는 것을 알아차렸다. 그것이 확실히 내 눈에 띄었다. 나는 그녀 역시 여기 모인 족속들과 다르지 않은 모양이라고 생각하며 기분이 상해 그 자리를 뜨고 싶었으나 그냥 머물러 있었다. 그녀가 그러리라 믿을 수 없어 뭔가 변명거리를 찾고 싶었고, 그녀에게서 혹시 한 마디나마 좋은 말이 나오지 않을까 기대해서였다. 그 밖에 다른 이유가 있었는지는 네 생각에 맡기겠다. 그러는 사이 손님들이 홀을 가득 채웠다. 프란츠 1세 대관식[36] 때부터 이어져 온 정장 차림인 F남작, 이 모임에는 궁정 고문관 자격이 아니라 귀족 사회의 일원으로 참석한 R씨와 그의 귀머거리 부인 등등. 옷차림이 초라한 J씨도 빼놓을 수 없는데 옛 프랑켄 지방 스타일 정장에 난 해진 구멍

---

36   1745년.

을 최신식 천으로 기워 입고 있었다. 이런 사람들이 떼를 지어 몰려왔다. 나는 안면이 있는 몇몇 사람과 대화했는데 그들은 하나 같이 말수가 적었다. 나는 이상하다는 생각이 들었지만, 오직 B양에게만 주의를 기울였다. 홀의 한쪽 끝부분에서 여자들이 귓속말을 주고받고, 그 말이 남자들에게 옮겨 가 돌아다니고 이어서 S부인이 백작에게 뭐라고 했는데 나는 전혀 눈치채지 못했다(이런 사정은 나중에 B양이 이야기해 주었다). 마침내 백작이 나한테 와서 나를 창문 벽감으로 데려갔다. 그가 말했다.

"자네도 우리의 이상한 신분 관례를 잘 알 거야. 보아하니 여기 모인 사람들은 자네가 이 자리에 있다는 것이 언짢은 모양일세. 나야 조금도 그렇지 않지만."

내가 말을 가로챘다.

"각하, 죄송하기 짝이 없습니다. 진즉 그런 생각을 했어야 옳았습니다. 제 불찰을 용서해 주시리라 믿습니다. 진작에 물러가려고 했는데 뭐에 씌어서 머물렀나 봅니다."

웃으면서 이런 말을 덧붙이고 머리를 숙였다. 백작은 내 손을 꼭 잡아 주었다. 그 손길에는 모든 것을 말해 주는 감정이 담겨 있었다. 나는 그 귀족들의 파티에서 살그머니 빠져나와 이륜마차를 타고 M이라는 마을로 달렸다. 그곳 언덕에 올라가 지는 해를 바라보며 호메로스의 작품에서 오디세우스가 착한 돼지치기들의 대접을 받는 멋진 대목을 읽었다. 여기까지는 다 괜찮았다.

저녁때 돌아와 식당에 갔다. 식당에는 아직 손님이 조금 남아 있었다. 그들은 한쪽 구석에서 식탁보를 뒤집어 놓고 주사위 놀이를 하고 있었다. 그때 정직한 아델린이 들어와서 나를 보더니 모자를 벗어 놓고 나에게 다가와 조용히 말했다.

"불쾌한 일을 당했다지?"

내가 되물었다.

"내가?"

"백작이 너를 파티에서 쫓아냈다던데."

내가 말을 받았다.

"그런 파티는 지겹다! 시원한 바깥바람을 쏘이는 게 더 좋더라."

그가 말했다.

"네가 그걸 대수롭지 않게 받아들이니 다행이군. 다만 그 소문이 벌써 자자하게 퍼진 게 마음에 걸려."

그때야 비로소 나는 그 일로 화가 치밀기 시작했다. 식당에 온 사람들이 모두 나를 빤히 바라본 것은 그 때문이라는 생각이 들었다. 피가 부글부글 끓었다.

오늘 어딜 가건 사람들이 내게 동정을 표했다. 나를 시샘

하는 자들이 쾌재를 부르며 떠들어 대는 소리를 들었다. "머리가 좀 좋다고 뻐기며 신분 관계를 뛰어넘어도 된다고 생각하는 오만방자한 자가 결국 어떤 꼴을 당하는지 잘 봐 두라고"랄지 그 비슷한 개소리를 숱하게 들었다. 이럴 때는 자기 심장을 칼로 찌르고 싶은 심정이 되기 마련이다. 남의 말에 신경 쓰지 않는 의연한 태도를 두고 그럴듯한 말이 많지만, 질 나쁜 인간들이 유리한 입장이라고 해서 자기에 대해 함부로 지껄이는 것을 참아 낼 사람이 있다면 한번 보고 싶다. 그들이 지껄이는 험담이 근거가 없는 것이라면 그냥 가볍게 넘어갈 수 있겠지만.

3월 16일

모든 것이 나를 몰아붙이고 있는 기분이다. 오늘 우연히 가로수 길에서 B양을 만났다. 나는 그녀에게 말을 걸지 않을 수 없었다. 우리가 다른 행인들과 좀 떨어져 있게 되자마자 최근에 나를 대한 그녀의 태도로 마음이 상했다는 말을 꺼냈다. 그녀가 진심 어린 어조로 말했다.

"아니, 베르테르, 제 마음을 잘 알면서 제가 당황해서 보였던 행동을 어찌 그렇게 해석할 수 있어요? 그 홀에 발을 들여놓는 순간부터 당신 때문에 얼마나 마음속으로 괴로워했다고요! 그 모든 일을 예상했고 당신한테 일러 주고 싶어

입이 간질간질했어요. 저는 S부인과 T부인이 당신과 한자리에 머무느니 차라리 남편과 함께 자리를 뜨리란 걸 알았어요. 그리고 백작님이 그들과의 관계를 파탄 낼 수 없다는 것도 알았습니다. 그런데 이제 그런 소동까지!"

"무슨 말인가요, 아가씨?"

내가 놀라움을 숨기며 물었다. 그 순간 아델린이 엊그제 해 준 말이 마치 끓는 물처럼 내 혈관을 타고 돌아다녔기 때문이다. 그 귀여운 여인이 눈물을 글썽이며 말했다.

"제가 벌써 그 일 때문에 얼마나 많은 대가를 치렀다고요!"

나는 더는 마음을 가누지 못하고 그녀 발치에 엎드리고 싶은 심정이었다. 내가 소리쳤다.

"무슨 말인지 설명해 주세요."

눈물이 그녀 뺨을 타고 흘러내렸다. 나는 제정신이 아니었다. 그녀는 눈물을 감추려 하지 않고 닦았다. 그러고는 말하기 시작했다.

"당신도 우리 숙모님을 아시잖아요. 숙모님도 그 자리에 계셨는데 세상에, 어떤 눈으로 그 광경을 보셨는지! 베르테르, 저는 어제 저녁과 오늘 아침에 당신과의 교제에 대해 숙모님의 설교를 견뎌 내야 했어요. 당신을 깎아내리고 모욕하는 말도 들어야 했어요. 그러면서도 당신을 제대로 변호할 수도 없었고 변호해서도 안 될 형편이었어요."

그녀의 말 한 마디 한 마디가 마치 칼처럼 내 심장을 찔렀다. 그 모든 것을 말해 주지 않는 것이 내게 얼마나 큰 동정이 되는지 그녀는 느끼지 못했다. 게다가 그녀는 무슨 말들이 더 떠돌아다닐지 모르겠고, 어떤 부류의 인간들은 그 일로 쾌재를 부를 것이라는 말을 덧붙이기까지 했다. 내가 오만방자하게 다른 사람들을 무시한다고 오래전부터 비난해 온 사람들이 이제 내가 그 벌을 받게 되어 희희낙락 고소해하리라는 예상도 했다. 여보게 빌헬름, 이 모든 말을 그녀에게서, 그것도 진정한 공감이 담긴 목소리로 들으니 온몸이 산산조각 나는 듯했고, 지금도 속에서 화가 치민다. 차라리 누가 내게 대놓고 그런 비난을 해서 내가 칼로 그자의 몸통을 푹 찔러 버릴 수 있기를 바란다. 피를 보고 나면 기분이 좀 나아질 것 같다. 아, 궁지에 몰린 이 가슴에 숨통을 틔워 주려고 골백번도 더 칼을 손에 잡아 보았다. 혈통이 좋은 말이 있는데 너무 몰아대서 지나치게 열이 오르면 본능적으로 자기 핏줄을 물어뜯어 숨통을 틔운다는 이야기가 전해진다. 나도 종종 그러고 싶다. 핏줄을 열어 영원한 자유를 얻고 싶다.

궁정에 사직을 요청했고 허락되길 기대한다. 어머니와 네게 먼저 허락을 구하지 않은 걸 용서해 주리라 믿는다. 이제 이곳을 떠나지 않을 수 없게 되었다. 어머니와 네가 나를 여기 주저앉히려고 무슨 말로 설득할지 다 안다. 그러니 어머니께 이 소식을 듣기 좋게 전해드리기 바란다. 나는 내 문제를 스스로 해결하지 못할 형편이다. 내가 어머니를 도와드리지 못하더라도 어머니는 감수하실 거야. 물론 상심이야 크시겠지. 아들이 막 추밀 고문관이나 공사로 향하는 출셋길에 들어섰는데 이렇게 갑자기 멈춰서더니 타고 가던 말을 돌려 마구간으로 돌아오는 걸 보시는 심정이 오죽할까! 일이 이렇게 되고 말았으니 마음대로 생각해라. 내가 머무를 수 있고 또 마땅히 머물러야 하는 조건들을 조합해 경우의 수를 따져 볼 수도 있겠다. 어쨌건 나는 떠나기로 했다. 내가 어디로 가는지 알고 싶을 테니 하는 말인데, 여기에 모 공작님이 계신다. 그분은 나와 어울리는 것을 좋아하신다. 내가 사직하려 한다는 말을 듣고 함께 자기 장원에 가서 아름다운 봄철을 지내자고 제안하셨다. 완전히 마음 내키는 대로 지내도 좋다고 약속해 주셨다. 우리 두 사람은 일정 부분 마음이 통하는지라 나는 운을 하늘에 맡기고 그분을 따라가려고 한다.

추신: 4월 19일

네 편지 두 통 고맙게 받았다. 바로 답장을 보내지 않은 이유는 궁정에서 내 사직이 결정될 때까지 이미 써 놓은 위의 편지를 부치지 않고 그냥 두었기 때문이다. 어머니가 혹시 장관님께 부탁해 사직하려는 내 뜻을 어렵게 만들지 않을까 걱정해서였다. 하지만 이제 일이 마무리되어 사직이 결정되었다. 사람들이 내 사직을 얼마나 아쉬워하고 장관님께서 내게 어떤 편지를 보내셨는지는 너와 어머니한테 말해 주고 싶지 않다. 또다시 한탄할 것이 뻔하니까. 왕세자께서는 전별금으로 25두카텐[37]과 작별의 말씀도 보내 주셨다. 그 말씀에 감동해 나는 눈물을 흘리기까지 했다. 그러니까 내가 일전에 편지로 어머니께 부탁했던 돈은 필요 없게 되었다.

5월 5일

내일이면 나는 이곳을 떠나게 된다. 내가 태어난 곳이 가는 길에서 6마일밖에 안 떨어졌으니 찾아가 행복하게 꿈을 꾸며 지냈던 지난날의 추억에 잠겨 보고 싶다. 어머니가 나를 데리고 마차를 타고 나오신 바로 그 성문으로 들어갈 생각이다. 어머니는 아버지께서 돌아가신 뒤 그 정들고 친밀했

---

37   20세기 초까지 유럽 전역에서 통용되던 금화.

던 고장을 떠나 견디기 힘든 어머니의 친정 도시에 와 틀어박히셨다. 그만 안녕, 빌헬름. 내 여행길에 대한 소식은 다시 전하겠다.

5월 9일

순례자의 경건한 심정으로 고향 순례를 마쳤다. 예기치 않게 만감이 교차했다. S시에서 15분 거리에 있는 거대한 보리수나무 옆에서 역마차를 세우게 하고 내렸다. 걸으면서 옛 추억을 하나하나 새롭고도 생생하게 마음 가는 대로 음미해 보기 위해 역마차는 계속 가라고 보냈다. 이 보리수나무는 옛날 소년 시절에 내 산책길의 목적지이자 한계점이었다. 이제 그 나무 아래에 서 있는 것이었다. 얼마나 변했는가! 그 당시 나는 아는 것 없이 행복에 젖어 미지의 세계를 동경했다. 그 세계에 가면 뭔가 추구하고 동경하는 이 가슴을 가득 채워 줄 자양분과 만족시켜 주는 기쁨을 넉넉히 얻으리라는 희망을 가졌었다. 그런데 지금 나는 그 넓은 세계에서 돌아왔다. 아, 친구야, 얼마나 많은 희망이 수포로 돌아갔는가! 얼마나 많은 계획이 좌절되었는가! 수없이 내 소망의 대상이었던 산들이 내 앞에 있는 것을 바라보았다. 몇 시간이고 여기 앉아 저 산 너머의 세계를 동경했다. 내밀한 영혼과 함께 정겹고 아슴푸레하게 눈에 들어오는 숲과 계곡

안에 잠겨 들곤 했다. 그러다가 정해진 시간이 되어 돌아가야 했을 때에도, 이 정겨운 장소를 얼마나 떠나기 싫었던지! 나는 도시에 다가가면서 오래되고 낯익은 정원 있는 작은 집들에 하나하나 인사했다. 새로 지은 집들과 그 밖에 그사이 이루어진 변화도 모두 눈에 거슬렸다. 성문 안으로 들어서자마자 나는 완전히 옛날로 돌아간 듯했다. 친구야, 세세한 것까지 얘기하고 싶지는 않다. 나한테는 아주 매력적일지라도 시시콜콜 얘기하면 너무 단조로울 테니까. 옛날 우리 집 근처 시장에 숙소를 정하기로 했다. 그쪽으로 가면서 보니 정직하고 나이 많은 여선생님이 우리 아이들을 콩나물시루처럼 가두어 두었던 교실이 잡화점으로 변해 있었다. 그 감옥 같은 곳에서 견뎌 내야 했던 초조와 눈물, 멍한 감각과 불안한 심정이 되살아났다. 발걸음을 떼어 놓을 때마다 묘한 감정이 들었다. 성지를 찾는 순례자일지라도 이처럼 수많은 종교 유적지를 만나지는 못할 테고, 영혼이 이처럼 성스러운 감동으로 가득 차기는 어려울 것이다. 수많은 것 대신 하나만 더 이야기하겠다. 강을 따라가다가 어떤 안마당에 다다랐다. 예전에 내가 다녔던 길이고, 그 좁다란 마당은 우리 꼬마들이 납작한 돌멩이를 수면 위에 던지는 물수제비 뜨기란 놀이를 연습하던 곳이다. 내가 때때로 이곳에 서서 강물을 바라보며 신비한 예감에 사로잡히고, 강물이 흘러가

닿는 곳은 얼마나 진기할지 상상을 하다가 금세 상상력의 한계에 다다르곤 했던 기억이 아주 생생하게 되살아났다. 그러다가 상상은 계속 이어져서 눈에 보이지 않는 저 먼 곳을 똑똑히 보게 되는 경지 속에 들어갔던 것이다. 알겠나, 친구, 오랜 옛날 훌륭한 선조들은 극히 제한된 세계에서도 아주 행복하게 살았다! 그들의 감정이나 문학은 천진난만한 어린이처럼 소박했다! 오디세우스가 드넓은 대양과 끝없는 대지에 대해 하는 말은 참으로 진실하고 인간적이며 진심이 담기고 친밀하며 신비롭다. 내가 지금 어린 학생들과 함께 지구는 둥글다고 따라 말한들 내게 무슨 도움이 되겠나? 인간이 지상에서 삶을 즐기는 데에는 땅 한 뼘만 있어도 되고 지하에서 영면하는 데에는 그보다 적어도 된다.

지금 그 공작님의 수렵관에 와 있다. 그분과는 지내기가 참 편하다. 그분 성품이 진실하고 소박하기 때문이다. 그분 주변에는 내가 도저히 이해할 수 없는 괴짜들이 있다. 못된 사람들 같지는 않은데 그렇다고 성실한 사람들로 보이지도 않는다. 가끔 성실하게 보일 때도 있지만, 믿지는 못하겠다. 또 하나 아쉬운 점은 공작님이 자주 남한테 듣거나 책에서 읽은 것을 입에 올리면서 원래 그 얘기를 해 준 사람의 관점을 그대로 따른다는 것이다.

공작님은 또 내 판단력과 재능을 내 마음보다 더 높이 평

가한다. 그런데 이 마음이야말로 내 유일한 자랑거리이자 모
든 힘, 모든 행복과 불행, 즉 모든 것의 원천이다. 아, 내가 아
는 것은 누구나 다 알 수 있다. 하지만 이 마음은 오로지 나
만의 것이다.

5월 25일

머릿속에 어떤 계획을 담고 있었는데, 실행하기 전까지는
어머니와 너한테 말해 주지 않으려고 했다. 그런데 이제 그
계획이 수포로 돌아갔으니 이야기해도 무방할 것이다. 전쟁
터에 가려고 했다. 이것은 오랫동안 마음속에 품고 있었던
생각이다. 공작님을 따라 이곳에 온 것도 주로 그 때문이었
다. 공작님은 ○○○왕 휘하의 장군이다. 산책하면서 내 의
중을 털어놓았더니 그분이 말렸다. 그분이 말린 근거를 내
가 선뜻 귀담아듣지 않으려고 했던 것으로 보아 내 계획이
단순한 객기가 아니라 열정에서 나온 것이었음이 틀림없으
리라.

6월 11일

네가 무슨 말을 하건 나는 더 이상 여기에 머물지 못하겠
다. 대체 여기서 무얼 한단 말인가? 시간이 지루하기만 하
다. 공작님은 성심성의를 다해 나를 붙잡지만 여기서는 내

마음이 안정되지 않는다. 공작님과 나는 근본적으로 공통점이 없다. 그분은 분별력 있는 분이지만, 그저 평범한 분별력에 불과하다. 이제 그분과의 교제는 잘 쓴 책을 읽는 것보다 더 흥미롭지 않게 되었다. 일주일만 더 머문 다음 다시정처 없이 발길 닿는 대로 떠돌려 한다. 내가 여기에서 한일 가운데 제일 잘한 것은 그림을 그린 일이다. 공작님은 미술에 대한 감각이 있다. 그분이 대수롭지 않은 지식과 진부한 전문용어에 갇혀 편협해지지 않는다면 그 감각이 한층더 좋아질 것이다. 나는 가끔 자연과 예술에 관한 뜨거운상상력을 동원해 공작님을 인도하는데, 그분이 느닷없이 뭔가 잘해 보겠다는 생각으로 상투적인 미술 전문용어를 들고 나오곤 한다. 그러면 나는 이가 갈린다.

6월 16일

물론 나는 이 지상을 떠도는 방랑자, 순례자에 불과하다!그런데 어머니와 너라고 해서 그 이상의 존재일까?

6월 18일

내가 어디로 가려느냐고? 너를 믿고 털어놓지. 앞으로2주 더 여기 머물러야만 한다. 그런 다음 ○○○○에 있는 광산을 찾아가자고 나 자신을 꾀었다. 하지만 그건 그저 허울

일 뿐 실은 다시 로테 가까이 가려는 것이다. 이게 전부다. 이런 내 마음에 웃음이 나오지만, 마음이 하자는 대로 따를 밖에.

7월 29일

아냐, 괜찮아! 모든 것이 다 잘됐다! 내가 로테의 남편이라면! 오, 저를 창조하신 하느님, 만약 제게 그런 축복을 내려 주셨더라면 제 일생은 끊임없는 기도로 이어질 겁니다. 따지려는 게 아닙니다. 제 눈물을 용서해 주소서! 제 부질없는 소망을 용서해 주소서! 그녀가 내 아내라면! 태양 아래 가장 사랑스러운 그 여인을 내 품에 안을 수 있었다면! 빌헬름, 알베르트가 그녀의 날씬한 몸을 껴안는다는 생각을 하면 온몸에 전율이 인다.

그런데 내가 이런 말을 해도 될까? 빌헬름, 안 될 까닭이 없잖아? 그녀는 나와 함께라면 알베르트와 함께 사는 것보다 더 행복했을 텐데! 오, 그는 그녀가 가슴에 품고 있는 소망을 모두 이루어 줄 사람은 못 된다. 일정 부분 감수성이 부족하다. 부족해. 이것을 네 맘대로 생각해도 좋다. 좋아하는 책을 읽다가 내 마음과 로테의 마음이 하나로 합쳐지는 대목에서도, 오, 알베르트는 공감하지 못해. 그 밖에 수많은 경우 중 제3자의 행동에 대한 우리의 감정을 말로 표출하는 경우에도 그렇다. 친애하는 빌헬름! 알베르트는 온 마음을 다해 그녀를 사랑하긴 한다. 그렇게 사랑하니 무슨 보답인들 못 받겠나!

참고 견디기 힘든 인간이 찾아와 편지 쓰는 걸 방해한다. 나는 눈물이 말랐다. 정신도 산만하다. 안녕, 친구.

8월 4일

나 혼자만 이렇게 지내는 건 아니다. 사람은 모두 희망에 속고 기대에 속기 마련이다. 보리수나무 아래에 사는 마음씨 고운 아주머니를 찾아갔다. 큰아들이 나를 보자 뛰어나와 맞아 주었고 그가 반가워서 지른 탄성에 아이 어머니도 나왔다. 그녀는 몹시 풀이 죽은 모습이었다. 그녀의 입에서 나온 첫마디는 이랬다.

"아이고, 신사 양반, 우리 한스가 죽었어요!"

한스는 그녀의 막내아들이었다. 나는 말문이 막혔다. 그녀가 말을 이었다.

"그리고 우리 남편은 스위스에서 돌아오긴 했는데 아무것도 가져오지 못했어요. 착한 사람들이 도와주지 않았더라면 그이는 구걸을 할 뻔했대요. 돌아오는 길에 열병을 얻기까지 했어요."

나는 그녀에게 아무런 위로의 말도 못 하고 꼬마에게 돈을 조금 주었다. 그녀가 사과라도 몇 개 받으라고 해서 받아 들고 앞으로 슬픔으로 회상하게 될 그 장소를 떠났다.

8월 21일

나는 기분이 손바닥 뒤집듯 쉽게 변해 종잡을 수가 없다. 어쩌다가 삶에 대한 즐거운 전망이 다시 어렴풋이 나타나는 것 같다. 그러나 아, 한순간뿐이다! 그런 꿈속을 헤맬 때면 억제할 수 없이 떠오르는 생각이 있다. '만약 알베르트가 죽는다면 어떻게 될까? 그러면 내가! 그래, 그녀는……' 나는 이런 망상을 쫓다가 결국 절벽 앞에 다다라 몸서리치며 뒤로 물러난다.

성문을 지나 로테를 무도장으로 데려가기 위해 처음 달렸던 길을 걸으니 완전히 달라졌다. 모든 것이, 모든 게 덧없이 지나가 버렸다! 그 당시의 흔적도 남아 있지 않고, 그때 벅찬 감정에 마구 뛰던 맥박의 흔적도 사라졌다. 마치 어떤 군주가 전성기에 짓고 온갖 호화로운 장식으로 치장한 궁성을 세상을 뜨면서 사랑하는 아들에게 큰 기대를 걸고 물려주었는데, 혼령이 되어 돌아와 보니 궁성은 불에 다 타고 파괴된 모습. 그런 광경을 바라보는 마음이 오죽할까. 내 심경이 이와 같았다.

어떻게 다른 남자가 로테를 사랑할 수 있는지, 사랑해도 되는지 때때로 이해할 수 없다. 내가 이토록 간절히 진심을 다해 그녀만을 사랑하고, 그녀밖에 모르며, 나한테는 그녀밖에 없는데.

그래, 그런 거야. 계절이 가을에 가까워지는 것처럼 내 안과 주변에도 가을이 찾아온다. 내 마음의 잎들은 노랗게 물들어 가고 근처의 나뭇잎은 벌써 떨어졌다. 내가 여기에 오고 나서 바로 어떤 머슴 얘기를 한번 하지 않았나. 이제 발하임에서 그 사람을 다시 수소문해 봤는데 일하던 집에서 쫓겨났다더군. 그 후 그가 어떻게 되었는지 아는 사람이 아무도 없었다. 그런데 어제 어느 마을로 가는 도중에 그 머슴을 우연히 만났다. 내가 말을 걸자 그가 그동안 지낸 얘기를 해 주었다. 그 이야기에 나는 이중 삼중으로 감동했다. 내가 그 얘기를 다시 해 주면 왜 그런지 너도 쉽게 이해할 것이다. 하지만 뭐 하러 그런 얘기를 다 하겠나? 나는 어째서 나를 불안하게 하고 마음 아프게 하는 일을 혼자 가슴에 담아 두지 못할까? 어째서 너까지 우울하게 만드는 걸까? 어째서 네게 나를 측은하게 여기고 나무랄 계기를 자꾸만 만들어 주는 걸까? 어쨌거나 이것 역시 내 운명이라고 할밖에!

　그 사람은 처음엔 조용히 침울한 기색으로 내가 묻는 말에만 대답했다. 그런 태도에서 그가 약간 수줍어하는 성격임을 알아차렸다. 그러다가 얼마 지나지 않아 마치 자기 자신과 나를 갑자기 알아본 듯 좀 더 솔직하게 저지른 잘못을 털어놓고 불운을 하소연했다. 친구야, 그가 한 말 한 마디 한 마디를 고스란히 전해 네 판단에 맡길 수 있다면 좋으련만! 그는 여주인을 향한 열정이 마음속에서 나날이 커졌다고 고백했다. 고백했다기보다는 옛날을 회상하며 일종의 기쁨과 행복감에 젖어 이야기했다. 그는 결국 자신이 무슨 일을 하는지, 생각이나 감정을 어떻게 표현하는지, 고개를 어디로 돌려야 할지조차 모르게 되었다. 음식을 먹고 마실 수도 없고 잠을 자지도 못했으며 목구멍이 막힌 것 같은 느낌이었다. 해서는 안 될 일은 하고, 시킨 일은 잊어 먹고 마치 악귀에 쫓기는 것 같았다. 그러다가 어느 날 여주인이 위층 방에 혼자 있다는 것을 알고 뒤따라갔다. 아니, 저절로 끌려갔다고 해야겠지. 그녀가 그의 애원을 들어주지 않자 그는 힘으로 그녀를 정복하려고 했다. 어떻게 그런 일이 벌어졌는지는 그 자신도 모른다는 것이었다. 하느님에게 맹세하는데 그녀를 향해 그가 품었던 의도는 항상 정직했고, 간절히 바라는 것은 그녀가 자기와 결혼해서 평생 함께 사

는 일밖에 없었다는 것이었다. 이렇게 한참 이야기를 하다
가 그가 말을 더듬기 시작했다. 아직 더 할 말이 있지만, 다
털어놓을 엄두가 나지 않는 듯했다. 마침내 그는 이번에도
수줍어하면서 그녀가 사소한 친밀감의 표시를 받아 주고
곁을 내주기도 했다고 털어놓았다. 그는 두세 번 말을 중단
하더니 힘주어 강조했다. 그의 말을 빌리면, 그녀를 헐뜯으
려고 이런 얘기를 하는 것이 결코 아니며, 자기는 예나 다름
없이 그녀를 사랑하고 높이 평가한다고 했다. 지금까지 이
런 사실을 입 밖에 낸 적이 없고, 나한테 이야기한 까닭은
오직 자기가 머리가 돌거나 정신 나간 사람이 아니라는 점
을 확신시켜 주기 위해서라는 것이었다. 여보게 친구, 이 대
목에서 내가 늘 입에 달고 다니는 말을 또 해야겠다. 내 앞
에 서 있던, 내 심안에는 지금도 서 있는 그 사람을 있는 그
대로 네게 보여 줄 수만 있다면! 내가 그 사람의 운명에 얼
마나 깊이 공감하고, 어째서 공감하지 않을 수 없는지 네가
생생하게 느낄 수 있도록 그 사람의 말을 제대로 전해 줄
수 있다면! 하지만 네가 내 운명을, 그리고 내가 어떤 사람
인지 익히 아는 것으로 충분하다. 그런 만큼 어째서 내 마
음이 모든 불행한 사람들에게, 특히 이 불행한 남자에게 끌
리는지 너무나 잘 알 것이다.

　지금까지 쓴 것을 다시 쭉 읽어 보니 그 사람 사연의 결말

을 깜빡 잊었다는 것을 알게 되었다. 하지만 그것은 쉽게 짐작할 수 있다. 그녀는 그 친구를 거부했다. 게다가 그녀의 오빠가 나타났다. 오빠는 이미 오래전부터 그 머슴을 미워해서 여동생 집에서 그를 쫓아내려고 했다. 여동생이 재혼을 하면 자기 자식들 차지가 될 유산이 날아가 버릴 염려 때문이었다. 그녀에게는 자식이 없어서 그는 자기 자식들이 유산을 물려받으리란 희망에 부풀어 있었다. 이 작자가 즉각 머슴을 내쫓고 이 일로 하도 야단법석을 떨어, 설사 그녀가 원했을지라도 머슴을 다시 받아들일 수 없게 되고 말았다. 지금 그녀는 다른 머슴을 구했는데 이 머슴 때문에 또 오빠와 다투고 사이가 틀어졌다고 했다. 들리는 소문으로 그녀는 이 머슴과 결혼할 것이 확실하지만, 그녀의 오빠는 절대로 그냥 두고 보지 않기로 단단히 결심했다는 것이었다.

네게 전한 이야기는 과장한 것도 미화한 것도 아니다. 오히려 약하게, 강도를 줄여 약하게 이야기한 편이라고 해야 할 것이다. 그리고 전통적으로 일상에서 흔히 쓰는 말을 사용하다 보니 거칠어졌다.

그러니까 이런 사랑, 이런 일편단심, 이런 열정은 문학적으로 지어낸 것이 아니다. 이런 사랑은 우리가 교양이 없다거나 거칠다고 부르는 계층의 사람들에게서 더할 수 없이 순수한 모습으로 살아 있고 존재한다. 교양인이라고 하는 우리 같은 사람은 그릇된 교육으로 인한 기형적 존재들! 부탁인데 이 이야기를 경건한 마음으로 읽어 주기를. 나는 오늘 이 편지를 쓰면서 마음이 차분하게 가라앉았다. 내 필체에서 내가 평소와는 달리 개발새발 휘갈겨 쓰지 않았다는 사실을 너도 알아챌 것이다. 친애하는 빌헬름, 이 이야기를 읽으면서 이것이 네 친구인 내 이야기라는 점도 생각해 주길 바란다. 그래, 그런 일이 나한테도 있었고 앞으로도 일어날 것이다. 그런데 내게는 그 가련하고 불쌍한 사람이 가진 용기와 결단성의 절반도 없다. 그래서 나를 그 사람과 견주어 볼 엄두가 나지 않을 지경이다.

9월 5일

로테는 일 때문에 시골에 머물고 있는 남편에게 짧은 편지를 썼다. 그 편지는 이렇게 시작되었다. '세상에서 제일 훌륭하고 사랑하는 당신에게. 할 수 있는 한 빨리 돌아오세요. 기쁜 마음으로 당신이 돌아오기를 기다리고 있어요.' 그때 한 친구가 방 안에 들어와서 알베르트가 어떤 사정 때문에 빠른 시일 안에 돌아오지 못한다는 소식을 전했다. 그 편지는 거기 그대로 있다가 저녁때 내 손에 들어왔다. 나는 그것을 읽으면서 미소를 지었다. 그녀가 왜 웃느냐고 물었다. 내가 큰 소리로 대답했다.

"상상력은 정녕 하느님의 선물입니다. 한순간 이 편지가 저한테 쓰신 것이라는 상상을 해 보았지요."

그녀는 대화를 중단했다. 그 말이 마음에 들지 않는 듯했다. 그래서 나도 입을 닫았다.

9월 6일

로테와 처음 춤을 출 때 입었던 소박한 파란색 연미복을 더는 입지 않기로 마음을 굳히기까지는 힘이 들었다. 그러나 그 옷은 최근에 완전히 볼품없어졌다. 목깃과 소맷부리까지 전에 입던 옷과 똑같은 것으로 새로 한 벌 맞추기도 했다. 똑같은 노란색 조끼와 바지도 함께 맞췄다.[38]

그런데 이전에 입었던 옷과 같은 기분은 나지 않는다. 왜 그런지는 모르겠다. 하지만 시간이 지나면 이 옷도 마음에 들게 되리라고 생각한다.

9월 12일

로테는 알베르트를 마중하러 며칠 여행하고 돌아왔다. 오늘 그녀의 방에 들어가니 그녀가 맞아 주었다. 나는 반갑고 기뻐서 그녀 손에 입을 맞추었다. 카나리아 한 마리가 경대에서 날아와 그녀 어깨 위에 앉았다.

---

38 파란 연미복, 노란 조끼와 바지 등 베르테르의 옷차림은 이 소설의 출간 이후 전 유럽에서 널리 유행했다.

"새 친구를 얻었지요."

그녀는 이렇게 말하면서 새를 손등에 앉혔다.

"이 새는 동생들을 위해서 구했어요. 새가 너무 귀여운 짓을 해요. 이 새를 보세요. 제가 빵을 주면 날개를 파닥이면서 아주 귀엽게 쪼아 먹어요. 저한테 키스도 한답니다. 이것 좀 보세요."

그녀가 그 조그만 새에게 입을 삐쭉 내밀자 새가 아주 귀엽게 부리를 그 달콤한 입술에 갖다 대고 꼭 눌렀다. 마치 지금 맛보는 행복을 느끼는 듯했다.

"새가 당신한테도 키스하게 해 줄게요."

그녀가 이렇게 말하며 새를 내게 넘겨주었다. 앙증맞은 새의 부리가 그녀의 입술에서 내 입술로 옮겨 왔고, 꼭꼭 쪼아 대는 감촉은 넘치는 사랑의 기쁨을 예감케 하는 숨결 같았다. 내가 말했다.

"새의 키스에도 욕망이 전혀 없지는 않은 모양입니다. 모이를 찾다가 없으니 불만스러워 실속 없는 애무를 그만두고 돌아가네요."

"새는 제 입에서 모이를 받아먹기도 해요."

그녀는 이렇게 말하면서 빵 조각 몇 개를 문 입술을 새에게 내밀었다. 그 입술에는 천진난만하게 공감하는 사랑의 기쁨, 희열을 머금은 미소가 번졌다.

나는 얼굴을 돌렸다. 그녀는 이런 일을 해서는 안 되었다. 이런 천사같이 순진무구하고 행복한 모습으로 내 상상력을 자극해서는 안 되었고, 삶에 대한 무관심에 힘입어 가끔 잠드는 내 심장을 깨워서는 안 되었다! 하지만 왜 안 된다는 건가? 그녀가 나를 이토록 믿고 있는데! 내가 자기를 어떻게 사랑하는지 알고 있는데!

9월 15일

빌헬름, 이 지상에 아직 가치 있는, 얼마 안 되는 그 소중한 것에 대한 감각도 감정도 없는 인간들이 존재한다니 미칠 노릇이다. 성 ○○○ 마을의 명망 있는 목사님을 찾아갔을 때 나는 로테와 함께 호두나무 아래에 앉아 있었다. 너도 그 나무들을 기억할 것이다. 하느님도 아시지만, 그 멋들어진 나무들은 언제나 내 영혼을 더할 수 없는 기쁨으로 가득 채워 주었다! 그 나무들이 목사관을 얼마나 친근하고 시원하게 만들어 주었던가! 가지들은 얼마나 멋들어지게 뻗었던가! 오래전에 이 나무들을 심었던 훌륭한 목사님들로 거슬러 올라가는 추억까지 담겨 있었다. 학교 선생님이 그 가운데 한 분의 성함을 종종 우리에게 말해 주었는데 자기 할아버지한테 그 성함을 들었다고 했다. 정말 대단한 분이었다는 소문이다. 그 나무 밑에서 나는 언제나 그분을 추념하며 마음이 경건해진다. 네게 분명히 말하지만, 우리가 어제 그 나무들이 베어졌다는 얘기를 하자 그 선생님은 눈물을 글썽였다. 베어졌다는 것이다! 미쳐 버리겠다. 도끼질을 시작한 개 같은 놈을 죽여 버리고 싶다. 만약 그런 나무 두세 그루가 우리 집 마당에 있고 그 가운데 한 그루가 수령이 다 돼 죽는다 해도 슬퍼할 텐데, 그런 내가 그냥 보고만 있어야 하다니. 소중한 친구야, 하지만 이 일에도 문제가 하나 있다. 인간의 감정이란 것 말이다. 마을 사람들은 전부 불평불만이다. 그래서 내가 바라는 바는 목사 부인이 마을 사람들이 갖다 바치는 버터니 계란이니 그 밖의 헌물이 줄어드는 것을 보고 자신이 마을에 얼마나 큰 해를 끼쳤는지 깨닫는 것이다. 새로 부임한 목사의(우리가 아는 연로한 목사님은 돌아가셨다) 부인인 이 여자가 나무를 베게 한 장본인이기 때문이다. 깡마르고 병약한 이 여자는 세상사에 관심을 갖지 않을 이유가 충분했다. 아무도 그녀에게 관심 갖지 않기 때문이다. 이 바보 같은 여자는 지식을 얻는 데 힘을 쏟는답시고 성경 연구에 몰두했으며 최근에 유행하는 도덕적 · 비판적 기독교 개혁에도 많이 관여하는 한편, 라바터의 열광적인 신앙은 백안시했다. 그녀는 또 건강이 망가져서 하느님이 창조하신 이 지상에서는 아무런 낙도 느끼지 못했다. 내가 아끼는 호두나무를 잘라 버리는 것은 이런 인간에게나 가능한 일이었다. 네가 알다시피 나는 그 충격으로 정신을 차리지 못할 지경이다. 한번 생각해 보게나. 그녀는 이렇게 강변한다. 나뭇잎이 떨어지면 마당이 지저분해지고 축축해지며 나무가 햇빛을 가리고, 호두가 익으면 아이들이 따려고 돌팔매질을 하는데 그것이 신경에 거슬리고 케니콧[39]이나 제믈러[40] 또는 미하엘리스[41] 등 신학자들의 학설을 숙고하며 비교 연구를 하는 데 방해가 된다고 말한다. 나는 마을 사람들, 특히 노인들이 불만스러워하는 것을 보고 그들에게 따끔하게 쏘아붙였다.

"어째서 그걸 보고 참기만 하셨나요?"

그들이 대꾸했다.

"이런 시골에서는 면장이 하고자 하면 어찌해 볼 도리가 없네."

그런데 어떻게 보면 괜찮은 문제가 하나 발생했다. 그렇지 않아도 아내한테서 멀건 죽이나 얻어먹던 목사가 아내의 심술에서 덕을 볼 요량으로 면장과 짜고 그 나무를 판 돈을 나누어 갖기로 했던 것이다. 그런데 공국 경리청에서 그 일을 알게 되어 그 나무를 바치라고 명령했다. 경리청은 옛날부터 그 나무가 있던 목사관 토지의 관할권을 가지고 있었

---

39 Kennicott. 18세기 영국의 신학자.
40 Semler. 독일 할레대학의 신학 교수.
41 Michaelis. 18세기 독일의 동양어문학자.

다. 그래서 그 나무를 경매에 부쳐 최고가를 부른 자에게 팔았다. 어쨌거나 호두나무들은 베어져 땅바닥에 놓여 있다! 아, 내가 영주라면! 그 목사 부인, 면장, 경리청을 한꺼번에……. 하지만 영주! 내가 정말 영주라면 내 나라 안에 있는 나무에 신경이나 쓰겠나!

10월 10일

로테의 까만 눈동자를 보기만 해도 벌써 마음이 푸근해진다! 그런데 알베르트는 내가 바라던 만큼 행복해 보이지 않아서—만약 내가 그의 입장이라면 더 행복해할 텐데—화가 난다. 나는 원래 줄표를 잘 쓰지 않는데 이 대목에서는 달리 표현할 길이 없다. 내 생각을 분명히 표현했으리라 생각한다.

10월 12일

오시안이 내 마음속에서 호메로스를 밀어냈다. 이 위대한 시인이 나를 데리고 간 세계는 얼마나 장엄한가! 자욱이 피어오르는 안개 속에서 어슴푸레한 달빛 아래 조상들의 영혼을 이끄는 폭풍 소리가 진동하는 가운데 황야를 걸어간다. 숲 속의 계곡물이 콸콸 쏟아지는 소리에 섞여 희미해진, 동굴에서 신음하는 혼령들의 소리를 산으로부터 들는다. 그리고 한 처녀가 고귀하게 전사한 애인 무덤에 세워진 이끼와 잡초로 뒤덮인 네 개의 비석을 돌며 죽도록 통곡하는 소리도 듣는다. 백발의 방랑 가인이 다시 보인다. 가인은 드넓은 황야에서 조상들의 발자취를 찾아 헤매다가 아, 마침내 조상의 묘비를 발견하고는 애통해하며 넘실대는 바다에 몸을 숨기는 귀여운 저녁별을 바라본다. 그러면 그 영웅의 영혼 속에 까마득한 옛날의 기억이 생생하게 되살아난다. 그때엔 따뜻한 햇살이 용사들이 헤쳐 가는 위험한 길을 비춰 주었고, 달빛이 월계관을 달고 개선하는 배를 비춰 주었다. 나는 그의 이마에서 깊은 고뇌를 감지할 수 있고, 홀로 남은 이 마지막 위대한 영웅이 기진맥진한 상태로 무덤을 향해 비틀비틀 걸어가는 것을 본다. 이 영웅은 이미 세상을 떠난 전우들의 혼령이 힘없이 모습을 드러낼 때마다 고통 속에서도 뜨거운 기쁨을 새롭게 들이마시면서 차가운 대지와 바람에 흔들리는 키 큰 풀을 내려다보며 외친다.

"전성기 때의 나를 아는 나그네가 언젠가는 찾아오리라. 찾아와서 이렇게 물으리라. '그 음유시인, 핑갈[42]의 훌륭한 아들은 어디 있는가?' 그 나그네의 발걸음은 내 무덤 위를 지나가면서도 이 지상에서 헛되이 나를 찾아다닐 것이다."

아, 친구여! 고귀한 무사처럼 칼을 뽑아 내 영웅 오시안을

42　《오시안의 노래》등장인물로, 오시안의 아버지이자 오스카르의 할아버지.

서서히 죽어 가는 단말마의 고통에서 단번에 해방시켜 주고
싶다. 그리고 고통에서 해방된 반신半神의 뒤를 따라 내 영혼
도 보내고 싶다.

10월 19일

아, 이 허전함! 내가 느끼는 끔찍한 가슴 속의 허전함! 자
꾸만 이런 생각이 든다. 로테를 딱 한 번만, 단 한 번만이라
도 이 가슴에 끌어안아 볼 수 있다면 이 허전함은 완전히
채워질 텐데.

10월 26일

인간의 삶이 별것 아니라는 것을, 정말 미미하다는 것을
확실히 알겠다. 친구야, 점점 더 분명하게 알겠다. 한 여자 친
구가 로테를 찾아왔다. 나는 옆방으로 가서 책을 꺼내 들었
으나 읽을 수가 없었다. 그래서 편지나 쓰려고 펜을 들었다.
두 여자가 조그만 목소리로 이야기하는 소리가 들렸다. 그
들은 대수롭지 않은 일, 시내에서 일어난 소식을 주고받았
다. 어떤 여자는 결혼했고 또 어떤 여자는 병에, 중병에 걸렸
다는 등의 이야기였다.

"그녀는 마른기침을 하고 얼굴에는 광대뼈가 툭 튀어나왔
고 기절도 한대. 나는 그녀가 오래 산다는 데 한 푼도 걸지

않겠어."

로테의 친구가 이렇게 말했다. 이어서 로테가 말했다.

"○○○라는 남자도 위독하다던데."

친구가 말을 받았다.

"몸이 벌써 퉁퉁 부어오른 모양이야."

그러자 나는 활발해진 상상의 나래를 타고 이 불쌍한 사람들의 병상으로 날아갔다. 그들이 자기 생에 등을 돌리는 것을 얼마나 원치 않는지 분명히 보였다. 그런데 빌헬름, 이 여자들은 마치 전혀 모르는 사람이 죽어 가는 것을 얘기하듯 그런 이야기를 나누는 거야. 나는 주위를 둘러본다. 방 안을 자세히 살펴보니 로테의 옷가지, 알베르트의 서류, 이제 정이 흠뻑 든 가구가 보인다. 이 잉크병에도 정이 들었다. 나는 생각한다. '잘 생각해 봐라, 네가 대체 이 집에서 어떤 존재인지! 모든 걸 따져 보면 친구들은 너를 존중한다! 너는 종종 친구들에게 기쁨을 준다. 너는 마음속으로 만약 친구들이 없으면 너도 존재하지 못할 거라고 느낀다. 그런데 만약 네가 지금 떠난다면, 어울려 지내던 이 사람들과 헤어진다면? 이들은 과연 너를 잃어 자기들 운명에 생긴 공백을 감지하기나 할까? 감지한다면 얼마나 오랫동안?' 아, 인간이란 이렇게 덧없는 존재다. 자신의 존재를 근본적으로 확신할 수 있는 곳에서도, 자신이 존재한다는 뚜렷한 흔적을 남길

수 있는 유일한 곳에서도, 사랑하는 사람들의 기억과 영혼
속에서도 소멸하고 사라지다니! 그것도 이렇게 빨리!

10월 27일

사람들이 이렇게 서로에게 있으나 마나 한 존재가 될 수
있다고 생각하면 종종 이 가슴을 갈가리 찢고 머리에 칼을
박아 버리고 싶어진다. 아, 내가 먼저 사랑이나 기쁨, 온정과
희열을 베풀지 않으면 상대방도 그런 것을 베풀어 주지 않
기 마련이다. 내가 희열이 가득한 마음을 다 기울일지라도
냉담하고 미온적인 상대방은 행복하게 해 줄 수 없다.

10월 27일 저녁

나는 가진 게 이렇게 많지만, 로테에 대한 감정이 모든 걸
집어삼킨다. 가진 게 이렇게 많지만, 그녀가 없다면 모든 게
무無로 돌아가고 만다.

10월 30일

로테의 목을 껴안을 뻔했던 적이 벌써 골백번도 더 된다!
이토록 사랑스러운 여인이 눈앞에 오락가락하는데 손을 뻗
어 잡지 못하는 심정이 어떨지는 거룩하신 하느님이나 아실
것이다. 그런데 손을 뻗어 잡는 것은 인간의 지극히 자연스

러운 본능이다. 어린아이들은 마음에 드는 것이 있으면 뭐든지 붙잡지 않는가! 그런데 나는?

11월 3일

정말이다! 잠자리에 들면서 나는 너무나 자주 다시 깨어나지 않기를 바라고, 때로는 간절히 희망한다. 그러나 아침이 되면 눈을 뜨고 다시 해를 본다. 그리고 비참해진다. 아, 내가 차라리 심통을 부려 날씨나 제3자나 실패로 돌아간 계획 탓으로 돌릴 수 있다면, 불쾌감에서 나오는 이 감당하기 힘든 짐을 절반이라도 덜어 낼 수 있을 텐데. 내 신세가 딱하기도 하구나! 모든 게 오로지 내 잘못임을 절실하게 느낀다. 아니, 내 잘못은 아니다! 어쨌든 이전에 모든 행복의 원천이 그랬듯이 모든 불행의 원천도 내 안에 숨어 있다. 예전엔 나는 충만한 감정으로 둥둥 떠다니고 발길 닿는 데마다 낙원이 따라오며 온 세상을 충만한 사랑으로 감싸 안을 마음을 지녔었다. 그런데 내가 지금은 그런 사람이 아니란 말인가? 이제 내 마음은 죽었다. 이제 이 마음에서는 어떤 환희도 흘러나오지 않으며 내 눈에는 눈물도 말라 버렸다. 내 감각은 기분을 상쾌하게 돌려주는 눈물을 더는 흘리지 못해 활기를 잃고 근심스럽게 이마를 찡그리게 한다. 나는 몹시 괴롭다. 내 삶의 유일한 기쁨, 내 주위의 세계를 창조하고 내게 활기를 주던 성스러운 생명력을 잃었기 때문이다. 그것이 사라지고 말았다! 창문에서 저 멀리 언덕을 내다보면 아침 해가 언덕 위로 안개를 뚫고 고요한 초원을 비춘다. 그리고 잔잔한 강물은 잎이 떨어진 버드나무 사이를 지나 내가 있는 방향으로 굽이쳐 흘러온다. 아, 이제는 이 장려한 자연마저 옻칠한 그림처럼 뻣뻣하게 굳어 보인다. 자연에서 느끼는 이 모든 기쁨도 내 마음에서 행복감을 단 한 방울도 머릿속으로 뿜어 올리지 못한다. 그런데 명색이 사내라는 이 몸은 말라 버린 우물이나 금 간 물통처럼 하느님 앞에 서 있다. 나는 자주 땅바닥에 엎드려 하느님께 눈물을 흘리게 해 주십사 기도했다. 마치 머리 위 하늘이 청동처럼 되어[43] 주위의 대지를 목마르게 할 때 농부가 비를 내려 주십사 기도하는 것처럼.

하지만 아, 우리가 막무가내로 떼를 쓰듯 간구한다고 하느님께서 비와 햇빛을 보내 주시지 않는다는 것을 나는 느낀다. 내가 괴로워하며 되돌아보는 그 좋은 시절도 간구해서 주어진 게 아니었다. 그 시절이 왜 그리 행복했던가? 내가 참을성 있게 성령을 기다렸다가 성령이 내 머리 위에 퍼부어 주시는 기쁨을 진정 고마워하는 마음으로 받아들였기 때문이다!

---

43 〈신명기〉 28장 23절 참조.

로테가 내 무절제한 생활을 나무랐다. 아, 그러나 그토록 상냥한 태도로! 내가 무절제하다는 것은 어쩌다가 포도주 한 잔에 이끌려 한 병을 다 마셔 버린다는 것이다. 그녀가 타일렀다.

"그러지 마세요. 로테를 생각해서요."

내가 대꾸했다.

"생각해 달라니요! 제게 그런 말을 할 필요가 있을까요? 늘 생각하고 있습니다! 아니, 생각하지 않아요! 당신은 언제나 내 영혼 안에 있으니까요. 오늘 저는 얼마 전에 당신이 마차에서 내렸던 지점에 앉아 있었는데……"

그녀는 내가 시작한 얘기를 더 깊숙이 끌고 가지 못하도록 화제를 다른 것으로 돌렸다. 친구야, 내가 이렇게 되고 말았구나! 그녀는 나를 마음대로 다룰 수 있다.

빌헬름, 네 충심 어린 관심과 선의의 충고에 감사한다. 제발 너무 걱정하지는 마라. 나 혼자 견뎌 내게 해 다오. 매우 지치긴 했으나 헤쳐 나갈 힘은 아직 남아 있다. 네가 알다시피 나는 종교를 존중한다. 종교가 수많은 지친 자에게 지팡이가 되고 수많은 목마른 자에게 청량제가 되어 준다는 것을 나는 느낀다. 그런데 종교가 과연 누구에게나 그런 역할을 할 수 있고 또 해야 하는 걸까? 이 넓은 세상을 둘러보면 종교가 그런 역할을 해 주지 못한 사람이 수없이 많았고 또 앞으로도 수없이 많을 것이다. 설교를 들었건 안 들었건 상관없이 말이다. 그런데 종교가 내게 그런 역할을 반드시 해 줄까? 하느님의 아들조차 "아버지께서 내게 주신 사람들이 내 주위에 모일 것"[44]이라고 하지 않는가! 내가 만약 하느님 아들에게 주어진 사람이 아니라면? 만약 내 마음이 속삭이 듯 하느님 아버지께서 나를 당신 곁에 잡아 두려고 하신다면? 부디 내 말을 잘못 해석하지 않기 바란다. 순수한 마음으로 한 말이니 비꼬는 것으로 받아들이지 않았으면 한다. 내가 지금 네게 보여 주는 것은 내 온 영혼이다. 그렇지 않다면 그냥 입을 다물고 있었을 것이다. 나는 누구든지 나처럼 잘 모르는 모든 일에 대해서는 입도 뻥끗하고 싶지 않다. 인간의 숙명이란 자기에게 주어진 몫을 견뎌 내고 자기에게 주어진 잔을 다 비우는 게 아니겠나? 그런데 그 잔이 하늘에 계신 하느님이 인간이셨을 때 그 입술에도 너무 쓰디썼다면[45] 내가 왜 잘난 척 허세를 부려 그 잔이 내게는 달콤한 것처럼 꾸며 대야 하겠나? 나라는 존재가 사느냐 죽느냐의

---

44   〈요한복음〉 6장 44절, 6장 65절 참조.
45   〈마태복음〉 26장 39절 참조.

갈림길에서 벌벌 떠는 이 끔찍한 순간에 내가 왜 부끄러워해야 한단 말인가? 지나간 과거가 미래라는 캄캄한 심연 위에서 번갯불처럼 번쩍이고 내 주위의 만물이 가라앉고 나와 함께 이 세상이 멸망하는 이 끔찍한 순간에! "나의 하느님, 나의 하느님, 어찌하여 저를 버리셨나이까?"[46] 이것은 자기 내면으로 완전히 내몰려 자기 자신을 잃어버리고 하염없이 추락하는 인간이 헛되이 위로 올라가려고 용쓰는 힘의 가장 깊숙한 곳에서 이를 갈며 울부짖는 소리가 아닌가? 그런데 내가 왜 이 말을 부끄러워해야 한단 말인가? 하늘을 융단처럼 둘둘 말 수 있다는[47] 하느님의 아들도 피하지 못했던 그 순간을 왜 두려워해야 하는가?

11월 21일

　로테는 나와 자기 자신을 파멸시킬 독을 스스로 만들고 있다는 것을 알지도 못하고 느끼지도 못한다. 그런데 그녀가 내미는 파멸의 독배를 나는 희희낙락 받아 마신다. 그녀가 자주 —자주일까? 아니, 자주는 아니고 가끔—나를 바라보는 그 다정한 눈길은 대체 뭐란 말인가? 무심코 불쑥 튀어나오는 내 감정을 기꺼이 받아 주는 태도는 또 뭐고, 그녀의 이

46 〈마태복음〉 27장 46절 참조.
47 〈시편〉 104장 2절 참조.

마에 어리는 내 인고에 대한 연민의 기색은 또 뭐란 말인가?

어제 내가 떠나려고 했을 때 그녀가 손을 내밀면서 말했다. "잘 가요, 사랑하는 베르테르."

사랑하는 베르테르! 그녀가 내 이름에 '사랑하는'이라는 말을 붙여 부른 것은 이번이 처음이었다. 골수까지 온몸이 짜릿했다. 나는 그 말을 골백번도 더 되풀이했다. 어젯밤 잠자리에 들면서 별의별 헛소리를 중얼거리다가 느닷없이 한번 "잘 자요, 사랑하는 베르테르"라고 해 보았다. 그러고 나서 나 자신에 대해 실소하지 않을 수 없었다.

11월 22일

"로테를 제게 맡겨 주소서"라는 기도는 할 수 없다. 그러나 그녀가 자주 내 여자처럼 여겨진다. "그녀를 제게 주소서"라고 기도할 수도 없다. 그녀는 다른 사람의 아내이니까. 나는 이런 괴로운 심정을 가지고 이런저런 말장난을 한다. 이런 짓을 계속하다간 해결책 없는 대구對句들만 한도 끝도 없이 이어지리라.

11월 24일

로테는 내가 인고하고 있다는 것을 느낀다. 오늘 그녀의 눈길이 내 가슴 깊숙이 파고들었다. 내가 찾아갔을 때 그녀

는 혼자 있었다. 나는 아무 말도 하지 않았고 그녀도 나를
찬찬히 바라보기만 했다. 이제 나는 그녀에게서 사랑스러운
아름다움과 뛰어난 정신의 반짝임은 보지 못한다. 이런 것
들은 내 눈에서 사라졌다. 이보다 한결 더 찬란한 눈길이,
진심 어린 관심과 달콤한 연민의 표정이 듬뿍 담긴 시선이
내 가슴속으로 파고들었다. 어째서 나는 그녀 발치에 몸을
던지면 안 되었던가? 왜 그녀의 목을 껴안고 키스 세례로 화
답하면 안 되었는가? 그녀는 어색한 분위기를 피하려고 피
아노로 가서 달콤하고 낮은 목소리로 반주에 맞춰 노래를
불렀다. 그녀의 입술이 이렇게 매력적으로 보인 적은 아직
한 번도 없었다. 그 입술은 피아노에서 울려 나오는 감미로
운 곡조를 들이마시기를 갈망하는 양 벌어졌고, 그녀의 순
결한 입에서는 신비한 메아리만 울려 나오는 것 같았다. 네
게 그 상황을 제대로 말해 줄 수 있다면! 나는 더는 견디지
못하고 몸을 숙이면서 맹세했다. 하늘의 정령들이 노니는
입술이여, 감히 너에게 입맞출 생각은 하지 않겠다. 그런데
도 입맞추고 싶다. 아, 알겠느냐, 이 욕망이 칸막이벽처럼 내
마음을 가로막고 있다는 것을. 더할 수 없는 이 행복을 맛보
고, 그런 다음 그 죗값으로 파멸해도 좋다. 하지만 이게 정
말 죄악일까?

　나는 때때로 나 자신에게 말한다. "네 운명은 이 세상에 둘도 없는 하나뿐이다. 너 이외의 나머지 사람들을 행복하다고 찬양해 주어라. 이토록 고통 받은 사람은 아직 없었으니까." 그러다가 고대 시인의 작품을 읽노라면 마치 나 자신의 마음을 들여다보는 듯하다. 나 역시 이토록 많은 고통을 견뎌 내야 하는구나! 아, 나보다 먼저 살았던 사람들도 이토록 불행했었나?

　나는, 나는 정말 제정신을 차릴 수 없는 모양이다! 어디를 가건 내 평정심을 모두 빼앗아 버리는 현상과 맞닥뜨리게 된다. 오늘도 그랬다! 아, 운명이여! 오, 인간이여!

　점심때 물가를 거닐었다. 점심을 먹고 싶지 않았다. 사방이 황량했고, 산에서 메마르고 차가운 저녁 바람이 불어왔다. 회색 비구름이 골짜기로 몰려왔다. 저 멀리서 남루한 초록색 저고리를 입은 사람이 하나 보였다. 그는 약초를 캐러 이리저리 바위 사이를 기어다니는 듯했다. 내가 다가가자 인기척에 그가 몸을 돌렸다. 그의 인상은 아주 흥미로웠는데 잔잔한 슬픔이 주조를 이루었고 그 밖에는 올곧고 착한 마음씨가 엿보였다. 그는 까만 머리를 두 가닥으로 말아 핀을 꽂았고 나머지는 두껍게 땋아 등 뒤로 내려뜨렸다. 그의 옷차림으로 보아 신분이 미천한 사람인 듯해 그가 하는 일에 관심을 보여도 고깝게 받아들이지 않을 것 같았다. 그래서 뭘 찾느냐고 물어보았다. 그가 깊이 한숨을 쉬면서 대답했다.

"꽃을 찾고 있는데 아직 하나도 발견하지 못했어요."

내가 살짝 웃으면서 말했다.

"지금은 꽃이 피는 계절이 아닌데요."

그가 내가 있는 쪽으로 내려오면서 말했다.

"꽃은 지천으로 널려 있어요. 우리 집 정원에는 장미와 인동초 두 종류가 있습니다. 한 종류는 아버지가 주셨는데 잡초처럼 잘 자랍니다. 벌써 이틀째 그 꽃을 찾고 있는데 영 보이지 않네요. 여기엔 항상 노란 꽃, 파란 꽃, 빨간 꽃이 피어 있습니다. 그리고 용담초는 꽃이 자그마하고 예쁘지요. 그런데 하나도 찾지 못하겠네요."

나는 왠지 섬뜩한 느낌이 들어서 에둘러 물어보았다.

"대체 꽃으로 무얼 하려는 거지요?"

그는 이상야릇하면서도 실룩이는 웃음을 웃느라 얼굴이 일그러졌다.

"제 비밀을 누설하지 않는다면 말해 주지요."

그가 손가락을 입에 갖다 대면서 대답했다.

"애인한테 꽃다발을 선물하기로 약속했답니다."

내가 말을 받았다.

"거참 멋있군요."

그가 말했다.

"아, 그녀는 다른 건 많이 가지고 있어요. 부자거든요."

내가 다시 말을 받았다.

"그래도 당신의 꽃다발을 좋아하는가 보군요."

그가 말을 이었다.

"오! 그녀는 보석도 있고 왕관도 하나 가지고 있답니다."

"애인 이름이 어떻게 되나요?"

그가 엉뚱한 대답을 했다.

"네덜란드 정부가 제게 급료만 지불했다면 저는 다른 사람이 되었을 겁니다. 그래요, 한때 저도 잘나갔다고요! 지금은 끝장나고 말았지만요. 저는 지금……."

하늘을 쳐다보는 촉촉하게 젖은 눈길이 모든 것을 말해 주었다. 내가 다시 물었다.

"그러니까 그때는 행복하셨겠네요?"

그가 대답했다.

"아, 다시 그때처럼 되었으면! 당시 저는 물 만난 고기처럼 편안하고 즐거웠으며 행동도 민첩했지요!"

이때 "하인리히!" 하고 한 노파가 길을 따라오며 외쳤다.

"하인리히, 어디 처박혀 있는 거냐? 너를 찾아 사방팔방으로 돌아다녔다. 밥 먹으러 가자."

내가 그녀 쪽으로 다가가며 물었다. "할머니 아드님이세요?"라고 하자 그녀가 대꾸했다.

"그럼요, 우리 불쌍한 아들이지요. 하느님은 제게 무거운 십자가를 지워 주셨어요."

"아드님이 이렇게 된 지 얼마나 되었나요?" 하고 내가 재차 물었다.

그녀가 대답했다.

"이렇게 조용해진 건 이제 반년가량 되었습니다. 그나마 얼마나 다행인지 몰라요. 그 전엔 1년 내내 광기가 심해서 사슬에 묶여 정신병원에 누워 있었어요. 이젠 아무에게도 해코지를 하지 않아요. 단지 시도 때도 없이 왕이나 황제를 들먹인답니다. 원래는 아주 착하고 조용한 아이였고, 어미를 봉양도 하고 글씨도 제법 잘 썼어요. 그런데 느닷없이 침울해지더니 심한 열병을 앓다가 광기로 넘어가 지금 보시는 것과 같은 상태가 되고 말았답니다. 신사 양반께 이야기하자면……."

나는 끝없이 쏟아져 나오려는 그녀의 말을 막고 물어보았다.

"아드님이 아주 행복하고 잘나가던 때가 있었다고 으스대

던데 그게 대체 언제였나요?"

그녀가 안쓰럽다는 듯 살짝 웃으며 크게 말했다.

"바보 같은 놈! 정신이 나갔던 때를 말하는 겁니다. 늘 그때를 자랑합니다. 정신병원에 있었을 때랍니다. 그땐 자기가 누군지도 몰랐지요."

그 말을 듣자 나는 벼락을 맞은 듯했다. 나는 동전 한 닢을 노파 손에 쥐여 주고 서둘러 그 자리를 떠났다.

나는 빠른 걸음으로 시내 쪽으로 가면서 크게 외쳤다.

"네가 행복했던 때! 물 만난 고기처럼 좋았던 때!"

하느님, 지각을 얻기 이전과 지각을 다시 잃을 때에만 행복해질 수 있도록 인간의 운명을 만드셨군요! 불쌍한 사람! 하지만 네 우울증과 너를 괴롭히는 정신착란이 부럽구나! 너는 네 여왕에게 바칠 희망에 부풀어 꽃을 꺾으려고 집 밖으로 나온다. 한겨울인데도. 그런데 꽃을 하나도 찾지 못해 슬퍼한다. 하지만 왜 찾지 못하는지 그 이유를 깨닫지 못한다. 그런데 이 몸은, 나는 아무런 희망도 목표도 없이 집에서 나왔다가 집에 돌아간다. 나왔을 때와 똑같은 상태로 돌아간다. 너는 네덜란드 정부가 네게 급료를 지불했더라면 어떤 사람이 되었을 것이란 공상을 한다. 행복하지 못한 것을 세상의 장애 탓으로 돌릴 수 있는 복 받은 인간! 너는 느끼지 못한다. 네 불행의 원인이 네 망가진 심장과 뒤죽박죽된 머리에 있다는 것을, 그래서 이 세상의 어떤 왕도 너를 도와줄 수 없다는 사실을 느끼지 못한다.

병을 키우고 여생을 더욱 고통스럽게 할 것이 빤한데 아득히 먼 곳의 샘을 찾아 길을 떠나는 병자를 비웃는 사람은 아무런 위안도 없이 죽어 마땅하리라! 양심의 가책에서 벗어나고 영혼의 고뇌를 털어 내기 위해 예수님의 성묘를 향해 순례를 떠나는 곤궁한 사람을 멸시하는 자 역시 그래야 하리라. 이 순례자가 발바닥을 긁혀 가며 새로 길을 내면서 내딛는 발걸음 하나하나는 고통에 시달리는 영혼을 달래 주는 한 방울의 감로수다. 그리고 하루하루 힘든 여정을 버텨 내면 마음의 고뇌가 그만큼 줄어든다. 그런데 너희, 안락의 자에 앉아 주둥이나 나불대는 자들아, 이런 고행을 광기라 칭해서 되겠는가? 광기라니! 아, 하느님! 당신은 제 눈물을 보고 계십니다! 인간을 이토록 가련한 존재로 창조하시고선 인간이 가진 작은 가난과 당신에 대한, 만물을 사랑하시는 당신에 대한 약간의 믿음마저 앗아 가는 이웃을 붙여 주기까지 하셨나요? 약초 뿌리나 포도즙의 치유 효과에 대한 믿음은 바로 당신에 대한 믿음이 아니고 무엇이겠습니까? 당신께서는 우리 주위의 만물에 우리가 시시각각 필요로 하는 치유력과 진정의 효력을 부여하셨으니까요. 제가 알지 못하는 아버지이시여! 이전에는 제 영혼을 가득 채워 주셨다가 이제는 저한테서 얼굴을 돌려 버리신 아버지이시여, 저를 다시 당신 곁으로 불러 주소서! 더는 침묵하지 마소서! 당신의 침묵은 목말라하는 이 영혼을 지탱해 주지 못합니다. 뜻밖에 돌아온 아들이 목을 껴안고 이렇게 외칠 때 어떤 인간이, 어떤 아버지가 화를 낼 수 있겠습니까?

"아버지, 제가 다시 돌아왔습니다. 아버지의 뜻에 따른다면 더 오래 참고 견뎌 내야 할 방랑을 중단했다고 화내지 마십시오. 세상은 어디나 다 똑같습니다. 힘들여 일하면 대가와 기쁨이 따라옵니다. 하지만 그게 저한테 무슨 소용이겠습니까? 저는 아버지가 계신 곳에서만 마음이 편합니다. 아버지 면전에서 고통도 겪고 기쁨도 맛보고자 합니다."

하늘에 계신 사랑하는 아버지, 그런데도 당신께서는 이런 아들을 내치시겠습니까?

12월 1일

빌헬름! 내가 지난번 편지에서 얘기한, 그 행복하면서도 불행한 사람은 로테 아버지의 서기였는데 그녀에 대한 열정을 키워 온 것을 숨겼다가 결국 고백했고 그 때문에 해고당했으며 결국 미쳐 버렸다고 하더라. 이 무미건조한 몇 마디 말에서 그런 곡절이 얼마나 절절하게 내 마음을 사로잡았을지 느껴보기 바란다. 알베르트는 그 이야기를 무덤덤하게 해 주었는데 아마 너도 그처럼 무덤덤하게 읽겠지.

부탁이다. 알겠지, 나는 이제 끝장이다. 더는 배겨 내지 못하겠다! 오늘 난 로테 집에 앉아 있었다. 나는 앉아 있었고 그녀는 피아노를 쳤다. 모든 것을 표현하는 다양한 곡조였다! 모든 것을! 모든 것을! 무슨 말이냐고? 그녀의 여동생은 내 무릎에 앉아 인형을 치장하고 있었다. 나는 눈물이 고였다. 그래서 고개를 숙였더니 그녀의 결혼반지가 눈에 띄었고 눈물이 흘렀다. 그녀는 갑자기 옛날에 연주했던, 천상의 감미로움이 담긴 곡을 치기 시작했다. 너무나 갑작스러웠다. 나는 마음속으로 위안을 느꼈으며 지나간 일, 그 노래를 들었던 때의 기억이 떠올랐다. 그리고 로테 곁을 떠나 있던 암울했던 시절, 희망이 꺾여 불만 속에서 보냈던 시절의 기억도 떠올랐다. 그러다가 방 안을 이리저리 거닐었다. 감정이 복받쳐 심장이 멎을 것 같았다.

"제발,"

나는 그녀에게 다가가면서 격한 감정을 드러내고 외쳤다.

"제발 그만하세요."

그녀는 연주를 중단하고 나를 응시했다.

"베르테르."

그녀는 내 가슴을 파고드는 미소를 지으며 말했다.

"베르테르, 많이 아프신가 보군요. 아주 좋아하는 곡조차 거슬리는 모양이네요. 돌아가세요. 제발 마음을 안정시키세요."

나는 그녀 곁에서 뛰쳐나왔다. 하느님, 제 비참한 꼴을 보고 계시니 이제 끝내 주십시오.

12월 6일

로테의 모습이 항상 나를 따라다닌다! 깨어서도 꿈속에서도 그녀가 내 마음을 가득 채우고 있다! 눈을 감으면 심안의 시력이 모이는 이마 속 여기에 그녀의 까만 눈동자가 자리 잡고 있다. 바로 여기에! 그 자리를 네게 어떻게 표현해야 할지 모르겠다. 눈을 감으면 그녀의 눈동자가 거기에 나타난다. 바다처럼, 심연처럼 그녀의 눈동자가 내 앞에, 내 안에 있고 내 이마의 감각을 채운다.

반신半神이라고 칭송되는 인간이란 대체 무엇인가! 가장 힘이 필요한 순간에는 힘이 부족하지 않은가? 기쁨에 들떠 있거나 고통에 잠겨 있을 때, 바로 그때에 인간은 항상 저지당하지 않는가? 인간이 아득한 무한함 속에서 그만 없어지기를 갈망하는 바로 그 순간에 무디고 차가운 의식으로 되돌려지지 않는가?

편저자가 독자에게

나는 우리의 친구 베르테르의 예사롭지 않은 마지막 며칠에 관한 자필 기록이 충분히 남아 있기를 간절히 바랐다. 그가 남긴 편지의 연재를 중단하고 편집자의 서술로 대신할 필요가 없기를 바랐던 것이다.

나는 그 친구의 사연을 잘 알 만한 사람들의 입을 통해 정확한 정보를 수집하려고 노력했다. 그 사연은 간단하다. 그리고 몇몇 사소한 사항을 제외하면 그에 관한 이야기는 모두 일치한다. 다만 관련 인물들의 성향에 대해서는 증언자들의 의견이 서로 다르고 판단도 갈렸다.

이제 편저자에게 남은 일은 다각도로 노력해서 알아낸 사실을 양심적으로 기술하고, 고인이 남긴 편지를 끼워 넣으며, 찾아낸 쪽지는 아무리 작은 것이라도 소홀히 다루지 않는 것이다. 남다른 유형의 사람들 사이에서 벌어지는 일일 경우에는, 설사 어떤 개별적인 행동일지라도 그 참된 원래 동기를 찾아내기가 무척 어렵기 때문이다.

불만과 불쾌감이 베르테르의 영혼 속에 갈수록 깊이 뿌

리를 내리고 단단히 뒤엉켜서 점차 그의 존재를 전부 차지해 버렸다. 정신의 조화는 완전히 깨지고, 본성의 모든 힘을 뒤죽박죽으로 만들어 버린 내면의 열기와 격정은 지극히 나쁜 작용을 불러일으키고, 결국 그에게 피로감만 남겨 놓았다. 그는 이 피로감에서 벗어나기 위해 지금까지 온갖 역경과 맞서 싸울 때보다 더 불안하게 안간힘을 썼다. 그의 가슴을 옥죄는 불안은 아직 남아 있던 정신력과 활력, 총기마저 갉아먹었다. 사람들과 어울릴 때면 침울한 말 상대로 전락했고 점점 더 불행해졌다. 그리고 불행해질수록 공정성을 잃어 갔다. 적어도 알베르트의 친구들은 이렇게 말한다. 이들의 주장에 따르면 오랫동안 바라던 행복을 얻은 순수하고 조용한 남자 알베르트와 그 행복을 미래에도 유지하려고 하는 그의 행동을 베르테르가 제대로 평가하지 못했다는 것이다. 베르테르는 낮이면 낮마다 전 재산을 탕진하고선 밤이 되면 괴로워하고 굶주림에 시달리는 사람에 비유할 수 있다는 것이었다. 그들의 말에 따르면 알베르트는 그 짧은 기간에 조금도 변하지 않았고 베르테르가 처음부터 알고 높이 평가하고 존중했던 사람 그대로였다. 그는 로테를 세상의 그 무엇보다 사랑하고 자랑스러워했으며 로테가 누구에게나 가장 훌륭한 여성으로 인정받기를 원했다. 그러므로 그가 어떤 의혹의 싹도 피하려 하고, 제아무리 무해한 방식일지라도 단 한 순간이나마 이 귀한 보물을 어느 누구와도 나누어 갖고 싶은 생각이 없었다 한들 그걸 나쁘게 생각할 수 있겠는가? 베르테르가 함께 있을 때면 알베르트가 자주 아내의 방을 떠나곤 했다는 사실을 그들은 인정했다. 그러나 이는 자기 친구에 대한 미움이나 혐오감 때문이 아니라 자신이 있으면 친구가 거북하게 느낄까 봐 그랬다는 것이다.

로테의 아버지가 몹쓸 병에 걸려 밖에 나가지 못하고 꼼짝없이 방을 지키게 되었다. 아버지는 로테에게 마차를 보냈고 그녀는 아버지에게 향했다. 화창한 겨울날이었다. 첫눈이 많이 내려 그 일대를 뒤덮었다.

그 이튿날 아침 베르테르가 그녀를 뒤따라갔다. 알베르트가 그녀를 데리러 가지 못할 경우 그녀를 데려오기 위해서였다.

청명한 날씨도 그의 침울한 기분에 별로 영향을 주지 못했고 뭔가 묵직한 것이 그의 가슴을 짓눌렀다. 슬픈 영상들이 그의 머릿속에 틀어박혀 어른거리고 심경에는 고통스러운 상념만 엇갈릴 뿐 다른 어떤 움직임도 없었다.

자기 자신과의 영원한 불화 속에 살아오다 보니 그에게는 다른 사람들의 처지 역시 걱정스럽고 혼란스럽게만 보였다. 그는 알베르트 부부의 금실 좋은 관계를 방해했다고 생각하고 자책했다. 거기에는 로테의 남편에게 느끼는 은밀한 반감도 섞여 있었다.

길을 가는 도중에 그의 생각은 이런 문제에 집중되었다. 그는 속으로 이를 갈며 혼자 중얼거렸다.

"그래, 그래, 이것이 친밀하고 친절하고 다정하며 매사에 공감하는 교제란 말이지! 차분하고 지속적인 신의라고! 아냐, 이건 권태이고 무관심이다! 알베르트는 소중하고 훌륭한 아내보다 온갖 하찮은 일에 더 끌리지 않는가? 알베르트가 자신의 행복을 제대로 평가할 줄이나 알까? 그녀의 격에 맞게 그녀를 존중해 줄 줄 알까? 그런데도 그 친구는 그녀를 차지하고 있다. 그렇지, 그녀를 차지하고 있다. 다른 것을 아는 것처럼 나도 그 사실은 안다. 이 생각에 익숙해졌다고 믿었는데, 아직도 이 생각만 하면 미칠 것 같다. 이 생각이 나를 죽이고 말 것이다. 그리고 나에 대한 우정은 아직 유지되고 있는 걸까? 내가 로테에게 갖는 애착을 알베르트가 자기 권리에 대한 침해라고 간주하지 않을까? 그녀를 향한 내 관심을 무언의 비난으로 여기지 않을까? 그렇다는 것을 잘 알고 확실히 느끼고 있다. 알베르트는 나 보기를 꺼린다. 그 친구는 내가 떠나기를 바라고, 내가 있는 게 성가신 것이다."

배르테르는 자주 빠른 발걸음을 멈추기도 하고 한자리에 가만히 서서 되돌아갈까 망설이는 듯했다. 그러나 번번이 다시 발걸음을 앞으로 내디뎠고 이런 생각을 하고 혼잣말을 중얼거리는 사이에 마침내, 말하자면 의지와는 달리, 수렵관에 당도하고 말았다.

그는 현관문에 들어서면서 노인과 로테를 찾았는데 집 안이 좀 어수선하다고 생각했다. 큰아들이 저 위쪽 발하임에서 한 농부가 맞아 죽는 불상사가 발생했다고 말해 주었다. 그러나 그 소식은 그에게 더 이상 깊은 인상을 주지 않았다. 그가 방으로 들어가니 로테는 아버지를 설득하느라 여념이 없었다. 노인은 병환에도 아랑곳하지 않고 현장에 가서 범행을 조사하려고 들었다. 범인은 아직 밝혀지지 않았다. 피살자는 아침에 집 대문 밖에서 발견되었다고 했다. 이런 추측들이 떠돌았다. 피살자는 어느 과부의 머슴이었다. 과부는 이전에 다른 머슴을 두고 있었는데 그 머슴은 불화가 생겨 집을 나갔다는 것이었다.

베르테르는 이 말을 듣자 펄쩍 뛰며 외쳤다.

"이럴 수가! 가 봐야겠어요. 한시도 지체할 수 없어요."

그는 부리나케 발하임으로 갔다. 그의 머리에 기억이 하나하나 되살아났다. 그는 여러 번 만나 얘기했고 자기에게 소중해진 사람이 그 범행을 저질렀다는 것을 한순간도 의심하지 않았다.

시신이 있는 주막으로 가려면 보리수나무 사이를 지나야 했다. 그런데 평소에 그토록 좋아했던 광장 앞에서 그는 깜짝 놀랐다. 동네 아이들이 자주 놀던 문지방은 피로 얼룩졌다. 사랑과 신의라는 가장 인간적인 감정이 폭력과 살인으로 변해 버린 것이다. 우람한 나무들은 잎이 다 떨어진 채서리에 덮여 있었다. 낮은 교회 묘지의 담장 위를 둥글게 감싸고 있는 아름답던 산울타리도 잎이 다 떨어지고 그 틈새로 눈 덮인 묘비들이 보였다.

베르테르가 온 마을 사람들이 모여 있는 주막으로 가까이 다가갈 때 갑자기 웅성거리는 소리가 들렸다. 멀리서 무장한 남자들의 무리가 보였다. 사람들은 제각각 범인을 끌고 온다고 외쳤다. 베르테르가 그쪽을 바라보자 이내 의심의 여지가 없어졌다. 그 과부를 그토록 사랑했던 바로 그 머슴이었다. 베르테르는 마음속에 분노와 절망을 품고 돌아다니는 그 사람을 얼마 전에도 우연히 만난 적이 있었다.

베르테르가 체포된 이에게 다가가며 외쳤다.

"무슨 짓을 저지른 거야, 이 불쌍한 사람아!"

그는 조용히 베르테르를 바라보며 한동안 침묵하더니 이윽고 태연하게 대꾸했다.

"어떤 남자도 그녀를 차지해서는 안 되고, 그녀 역시 어떤 남자도 차지해서는 안 됩니다."

사람들이 체포된 사람을 주막 안으로 끌고 갔고 베르테르는 서둘러 자리를 떴다.

이 끔찍하고 강렬한 충격으로 베르테르의 본성 안에 있는 모든 것이 뒤죽박죽이 되었다. 그는 한순간 평소의 슬픔과 불만, 아무래도 좋다는 자포자기 상태에서 벗어났다. 그 사람에 대한 동정심이 억제할 수 없이 그를 엄습했고, 그 사람을 살리고 싶은 이루 형언할 수 없는 욕망이 그를 사로잡았다. 그 사람이 너무 불쌍하다고 느꼈고 그 사람이 범법자로서도 죄가 없다고 생각했다. 베르테르는 그 사람의 입장에 너무 깊숙이 빠진 나머지 다른 사람들에게도 그 청년의 무죄를 설득할 수 있다고 확신했다. 청년을 변호할 수 있기를 바랐고 당장이라도 열띤 변론이 입에서 쏟아져 나올 것 같았다. 그는 수렵관으로 걸음을 재촉하면서 도중에 관리관에게 하고 싶은 말을 나지막한 목소리로 읊조리지 않을 수 없었다.

그가 방 안으로 들어가니 알베르트가 와 있었다. 그는 잠시 기분이 상했으나 곧바로 다시 정신을 가다듬고 관리관에게 열성적으로 생각했던 바를 개진했다. 관리관은 몇 번 머리를 가로저었다. 베르테르는 열성과 정열, 진심을 다해 한 사람의 죄를 용서받게 하기 위해 할 수 있는 말을 다 쏟아냈다. 그러나 쉽게 짐작할 수 있듯이 관리관은 꿈쩍도 하지 않았다. 관리관은 오히려 우리 친구 베르테르의 말을 중간에서 막고 단호하게 반박하며 살인자를 옹호한다고 그를 비난했다. 그런 식으로 나가다간 모든 법이 쓸모없어지고 나라의 치안은 무너지게 된다고 지적해 주었다. 또 자기는 이런 사안에서는 막중한 책임을 떠맡지 않고서는 개입할 수 없으며 모든 것이 법에 정해진 절차에 따라 질서 있게 처리되어야 한다는 말을 덧붙였다.

그러나 베르테르는 단념하지 않고 누군가 그 사람을 도와 달아나게 하는 것만이라도 눈감아 달라고 관리관에게 매달렸다. 관리관은 이것마저 거절했다. 마침내 알베르트가 대화에 끼어들어 나이든 관리관 편을 들었다. 베르테르는 수적으로 밀렸다. 관리관이 여러 번 "안 돼, 그 사람을 구할 길은 없어!"라고 말한 뒤에야 베르테르는 끔찍이 괴로운 심정으로 길로 나왔다.

관리관의 이 말이 베르테르에게 얼마나 크나큰 충격을 주었는지를 우리는 한 쪽지에서 읽을 수 있다. 그가 남긴 서류 가운데에서 발견된 이 쪽지는 그가 바로 그날 쓴 것임이 틀림없다.

너를 구할 길이 없구나, 불쌍한 사람아! 너와 나, 우리가 구제받을 길이 없다는 것을 나는 확실히 깨달았다.

알베르트가 관리관이 있는 자리에서 체포된 자의 일에

관해 마지막으로 한 말은 베르테르에게 심히 역겨웠다. 그는 그 말에서 자기에 대한 약간 과민한 감정을 감지한 듯했다. 여러 번 되풀이해서 곰곰이 생각해 보면 그의 날카로운 머리로 그 두 남자의 말이 옳겠다는 판단을 내리지 못할 리 없었지만, 그것을 자인하고 시인한다면 자신의 가장 내밀한 존재를 부정하는 결과가 되는 것으로 보였다.

이 문제와 관련된 쪽지를 우리는 그가 남긴 서류에서 발견했다. 이 쪽지는 아마도 그와 알베르트의 관계를 고스란히 표현하고 있을 것이다.

알베르트가 착실하고 선량한 사람이라는 말을 내 자신에게 아무리 되뇌어 본들 무슨 소용인가. 하지만 그 사람을 생각하면 내장이 갈가리 찢어지는 듯하다. 나는 공정해질 수 없구나.

온화한 저녁이고 날씨도 눈이 녹기 시작하려 해서 로테와 알베르트는 걸어서 집으로 돌아갔다. 가는 도중에 그녀는 주위를 두리번거렸다. 마치 베르테르가 동행하지 않아 아쉬워하는 듯 보였다. 알베르트는 베르테르에 대한 말을 꺼내 그를 공정하게 평가하면서도 비난했다. 그는 베르테르의 불행한 열정을 언급하면서 할 수 있으면 그 친구를 멀리하고 싫다고 했다. 그가 말했다.

"우리 두 사람을 위해서도 그러길 바라오."

그가 말을 이어 갔다.

"부탁하는데, 당신에 대한 그 친구의 태도가 달라지고 뻔질나게 우리 집에 오는 횟수도 줄어들도록 어떻게 좀 해 보구려. 사람들이 이상하게 볼 테고, 내가 알기로 벌써 여기저기서 수군댄다는군."

로테는 아무 말도 하지 않았다. 알베르트가 아내의 침묵을 감지한 듯했다. 적어도 그는 그때부터 아내를 상대로 베르테르에 대한 말을 꺼내지 않았다. 그리고 로테가 그 친구 얘기를 꺼내도 대화를 중단하거나 다른 화제로 돌렸다.

베르테르가 그 불행한 사람을 구하려는 헛된 시도는 꺼져 가는 불꽃이 마지막으로 반짝 타오른 것과 같았다. 그는 더욱더 깊이 고통과 무기력 상태로 빠져들기만 했다. 게다가 이제 범행을 부인하고 나서는 그 사람의 반대 증인으로 어쩌면 자기를 소환할지 모른다는 소리를 듣고 그는 거의 정신을 차리지 못할 지경이 되었다.

베르테르가 지난날 사회생활을 하면서 겪었던 모든 불쾌한 일, 공사관에서 겪었던 불만스러운 일, 그 밖에 실패로 돌아갔거나 마음을 상하게 했던 모든 일이 마음속에 떠돌았다. 그는 그런 일들을 겪었으니 이제 아무런 활동도 하지 않는 것이 당연하다고 생각했다. 그는 모든 전망에서 차단되었다고 여겼고 어떤 계기를 잡아 일상생활로 돌아가 일거리를 찾을 능력도 없다고 생각했다. 그리하여 그는 마침내 기이한 감정, 사고방식, 끝없는 열정에 온몸을 맡기고 그 사랑스럽고 사랑하는 여인과의 서글프고 단조로운 교제를 일방적으로 끝없이 이어 가면서 그녀의 마음의 평화를 깨트리며 목표도 가망도 없이 기력을 소모하면서 점점 더 슬픈 종말에 다가갔다.

그의 혼란과 열정, 그칠 줄 모르는 몸부림과 노력, 삶에 지친 모습에 대한 가장 유력한 증거는 그가 남긴 몇 통의 편지이니 여기에 끼워 넣기로 한다.

12월 12일

친애하는 빌헬름, 옛날에 불행한 사람을 가리켜 악령에 시달린다고들 말했는데 내가 지금 그런 불행한 사람들이 틀림없이 처했을 법한 바로 그 상황에 처해 있다. 때때로 나를 사로잡는 것이 있다. 그것은 불안도 아니고 욕망도 아니다. 내 가슴을 갈가리 찢어 버릴 것 같고 목구멍을 조이는, 알지 못하는 내적 광란이다! 아, 괴롭다! 그러면 나는 사람이 살아가기에 맞지 않는 이 계절의 끔찍한 밤 풍경 속을 이리저리 돌아다닌다.

어제저녁에도 밖으로 나가지 않을 수 없었다. 갑자기 날씨가 풀려 눈이 녹아 강물이 범람하고 시냇물도 불어 발하임에서 흘러온 물로 내가 좋아하는 계곡에 홍수가 났다는 말을 들었기 때문이다! 밤 11시가 넘어서 밖으로 뛰쳐나갔다. 바위에서 떨어진 물이 홍수를 이루어 달빛 속에 소용돌이치는 모습은 무시무시한 광경이었다. 밭이고 목초지고 산울타리고 모든 것이 물에 잠겼다. 바람이 윙윙 불어 대는 가운데 그 널따란 계곡도 위아래 할 것 없이 요동치는 바다가 되었다! 달이 다시 먹구름 위로 떠오르자 내 앞에 펼쳐진 홍수가 무서우리만치 장엄하게 달빛을 반사하면서 넘실거리며 콸콸 흘러가는 소리가 요란했다. 그때 내 몸에 전율이 일어났고 다시 어떤 그리움이 솟구쳤다! 아, 나는 양팔을 한껏 벌리고 벼랑 끝에 서서 저 아래쪽으로 숨을 내쉬었다. 저 아래쪽으로! 그러자 내 고통과 고뇌를 저 아래로 쏟아 내리고 저 물결처럼 콸콸 흘려보내는 듯한 희열에 잠겼다! 아, 그러나 땅바닥에서 발을 들어 뛰어내리지는 못했다! 내 고통을 끝내지는 못했다! 내 운명의 시계가 아직 다 돌아가지 않았던 것이다. 나는 그걸 느꼈다! 아, 빌헬름! 저 폭풍의 힘을 빌려 구름을 흩트리고 저 물결을 움켜잡을 수 있다면 나는 인간으로서 내 존재를 기꺼이 내놓으리라! 아! 혹시 감옥에 갇힌 것 같은 신세인 내게도 언젠가 이런 희열이 주어지지 않을까? 무더운 어느 날 로테와 함께 산책하다가 버드나무 밑에서 쉬었던 자그만 광장을 애수에 젖어 내려다보니 그곳도 물에 잠겼고 버드나무도 거의 알아볼 수 없었다. 빌헬름! 로테의 목초지와 수렵관 인근도 물에 잠기지 않았을까 하는 생각이 떠올랐다. 우리가 즐겨 찾던 정자도 거센 물결에 박살났으리라는 생각도 들었다. 감옥에 갇힌 자에게 가축 떼와 목초지나 명예로운 관직의 꿈이 찾아오듯 지난날의 햇살이 내게 비쳐 들었다. 나는 그 자리에 그대로 서 있었다. 내 자신을 꾸짖지 않으련다. 죽을 용기가 있으니까. 나는 차라리……. 그러나 나는 지금 여기에 이렇게 앉아 있다. 아무런 낙도 없이 꺼져 가는 목숨을 한 순간이나마 더 이어 가고 좀 더 편하게 지내기 위해 울타리에서 땔감을 모으고 남의 집 문전에서 먹을 것을 구걸하는 노파처럼.

12월 14일

친구야, 도대체 어찌된 일일까? 나 자신이 무섭구나! 로테에 대한 내 사랑은 가장 성스럽고 순수하며 남매간의 우애 같은 것이 아닌가? 내가 단 한 번이라도 벌받을 만한 욕망을 마음속에 품어 본 적 있었던가? 없었다고 맹세하지는 않겠다. 그런데 이제 그런 꿈을 꾸었다! 아, 이렇게 모순된 감정은 어떤 알 수 없는 힘의 작용 때문이라던 옛 사람들의 직감은 얼마나 옳았던가! 지난밤에! 그걸 말하자니 온몸이 떨린다. 나는 그녀를 두 팔로 가슴에 꼭 끌어 안고 사랑을 속삭이는 그녀의 입에 끝없이 키스 세례를 퍼부었다. 내 눈이 사랑에 취한 그녀의 눈동자에 떠돌았 다. 하느님! 제가 꿈에서 깨어난 지금도 그때의 행복감을 느끼고 뜨거운 기쁨을 간절한 마음으로 되살리려고 한다 면 벌을 받아야 할까요? 로테! 로테! 이제 나는 끝장이다. 내 감각들이 혼란스럽게 뒤엉켜 있고 벌써 일주일째 제대 로 생각할 힘도 없으며 눈에는 눈물이 가득하다. 어디에 서도 편하지 않으면서 또 어디에서나 편하기도 하다. 바 라는 것도 없고 요구하는 것도 없다. 차라리 떠나는 게 나 자신에게도 나을 듯싶다.

이 무렵 이런 상황에서, 세상을 떠나려는 결심은 베르테 르의 마음속에서 점점 더 힘을 얻었다. 이것은 로테에게 돌 아오고 난 뒤부터 항상 그의 마지막 바람이자 희망이었다. 그러나 그는 너무 성급하게 저질러서는 안 된다고 속으로 다 짐했다. 확신을 완전히 굳혔을 때 되도록 침착하고 단호하게 결심한 다음에 결행하고 싶었다.

그가 회의하고 자기 자신과 갈등을 일으켰다는 사실은 한 쪽지에서 드러난다. 이 쪽지는 아마도 빌헬름에게 쓴 편 지의 첫 부분인 것 같은데, 날짜는 적혀 있지 않고 그가 남긴 서류 사이에서 발견되었다.

그녀가 내 앞에 있다는 것과 그녀의 운명, 그리고 내 운명
에 대한 그녀의 동정 어린 관심은 새까맣게 타 버린 내 뇌
수에서 마지막 눈물을 짜낸다.
장막을 걷어 올리고 그 뒤로 들어간다! 그것으로 모든 게
끝난다. 그런데 어째서 이렇게 겁을 먹고 주저하는 것이냐?
장막 뒤의 세상이 어떤지 모르기 때문에? 그리고 다시는
돌아올 수 없어서? 확실한 것을 알 수 없는 곳은 혼란과
암흑일 것이라고 예감하는 건 우리 인간 정신의 본성이지.

그는 갈수록 이런 우울한 생각에 가까워지고 친숙해져서
마침내 그의 결심은 돌이킬 수 없이 확고해졌다. 그가 친구
에게 쓴, 다음의 조금 애매모호한 편지가 이에 대한 증언이
될 것이다.

12월 20일

'떠나는 게 나을 듯싶다'는 내 말을 그렇게 받아들여 준
네 우정에 고마움을 표한다. 그래, 떠나는 게 내 자신에게
도 나을 것 같다는 네 말이 옳다. 그러나 어머니와 너에게
돌아오라는 네 제안은 썩 마음에 들지 않는다. 적어도 길
을 돌아 다른 곳에 들렀다 가고 싶다. 특히나 강추위가 계

속되면 길바닥도 질척거리지 않을 테니까. 네가 나를 데리러 이리 오겠다는 말 역시 고맙다. 다만 2주만 미루고 내가 더 자세한 내용을 적어 보낼 편지를 기다려 주기 바란다. 열매란 다 익기 전에는 따선 안 된다. 그러니 2주일 이전이냐 이후냐는 큰 차이가 난다. 우리 어머니에게 아들을 위해 기도해 주시고 그동안 많은 심려를 끼쳐 드려 죄송하다는 말씀도 전해 주었으면 한다. 마땅히 기쁘게 해 드려야 할 분들을 슬프게 하는 것이 지금껏 내 운명이었나 보다. 소중한 친구, 잘 지내라. 네게 하느님의 축복이 가득하길 빈다. 잘 지내.

이 시기에 로테의 마음이 어떠했고 남편과 불행한 친구에 대해 어떤 생각을 가졌는지는 감히 말로 표현할 엄두가 나지 않는다. 그렇지만 우리는 그녀의 성품을 잘 아는 터라 대충 짐작할 수는 있을 것이다. 그리고 마음씨가 고운 여자라면 그녀의 입장이 되어 생각해 보고 그녀와 공감할 수도 있으리라.

그녀가 베르테르를 멀리하기 위해 무슨 일이든지 다 하겠다고 단단히 결심했던 것만은 분명하다. 그런데도 그녀가 망설였다면, 그것은 친구를 진심으로 아끼는 우정 때문이었다. 베르테르를 멀리하면 그가 얼마나 큰 대가를 치러야 할지, 그보다는 그 일 자체가 그에게는 거의 불가능하다는 것을 그녀는 알고 있었기 때문이다. 하지만 그녀는 그즈음 확고한 태도를 취할 수밖에 없는 처지에 몰렸다. 이 삼각관계를 두고 그녀가 침묵했던 것과 마찬가지로 그녀의 남편도 완전히 입을 닫았다. 그럴수록 그녀는 자기 생각이 남편이나 다르지 않다는 점을 행동으로 입증해 보일 필요가 있다고 생각했다.

조금 전에 마지막으로 끼워 넣은, 친구에게 보내는 편지를 베르테르가 쓴 날은 크리스마스 바로 앞 일요일이었다. 그날 저녁 그는 로테의 집에 갔는데 그녀가 혼자 있었다. 로테는 어린 동생들에게 크리스마스 선물로 주려고 마련한 몇 가지 장난감을 정리하고 있었다. 그는 아이들이 참 좋아하겠다고 말하고, 어렸을 때 예기치 않게 문이 열리고 밀랍 초와 사탕과 사과로 장식된 크리스마스트리가 나타나면 천국에 온 듯 황홀경에 빠졌다는 얘기를 했다. 그녀는 당혹감을 다정한 미소로 감추고 말했다.

"당신도 절도 있게 처신한다면 선물을 받게 될 거예요. 끈 모양의 가는 초 하나랑 다른 것을요."

그가 큰 소리로 물었다.

"절도 있게 처신한다는 게 무슨 말입니까? 어떻게 하라는 거죠? 어떻게 할까요, 로테!"

그녀가 대꾸했다.

"목요일 저녁이 크리스마스이브예요. 그때 아이들이 오고 아버지도 오셔서 각자 선물을 받지요. 당신도 그날 오세요. 하지만 그 전에는 안 됩니다."

베르테르는 놀라서 멈칫했다. 그녀가 말을 이어 갔다.

"제발 부탁이에요. 일단 그렇게 할 수밖에 없어요. 제 마음의 평화를 위해 부탁하는 겁니다. 이런 식으론 안 됩니다. 이런 상태가 지속될 수는 없어요."

그러자 그는 그녀에게서 시선을 거두고 방 안을 서성이면서 "이런 상태를 계속 끌고 갈 수는 없다" 하고 입속말로 웅얼거렸다. 자신의 이 말이 그를 끔찍한 상태로 몰아넣었음을 느낀 로테는 온갖 질문으로 그의 생각을 딴 데로 돌리려고 애썼으나 허사였다.

이윽고 그가 외쳤다.

"알겠습니다, 로테. 당신을 두 번 다시 보지 않겠어요!"

"왜 그런 말을 하세요?"

그녀가 되물었다.

"베르테르, 당신은 우리를 다시 볼 수 있고 또 보아야 해요. 다만 좀 자제해 달라는 겁니다. 당신은 무엇이건 일단 손 댄 것에는 막무가내로 매달리는데, 아, 어째서 그런 격렬함, 그런 억제할 수 없는 격정을 천성으로 가지고 태어나셨나요?"

그녀는 그의 손을 잡으며 말을 계속했다.

"제발 부탁이니 좀 자제하세요. 당신의 재주와 학식과 재능이 당신에게 얼마나 다양한 즐거움을 가져다주겠어요! 대장부다운 모습을 보여 주세요. 당신의 처지를 안타까워하는 일 말고는 아무것도 해 줄 수 없는 이 여자에게서 그 슬픈 애착을 다른 데로 돌리세요."

그는 이를 앙다물며 침울하게 그녀를 바라보았다. 그녀는 그의 손을 계속 잡고 있었다. 그녀가 다시 말했다.

"잠시만이라도 마음을 가라앉혀 보세요, 베르테르. 당신이 자신을 속이고 일부러 파멸시키고 있다는 사실을 못 느끼시는군요! 도대체 왜 저를, 베르테르! 어째서 하필 다른 사람의 아내인 저냐고요! 다른 사람의 아내라서 그런가요? 저는 두려워요. 저를 차지하고 싶다는 소망을 그토록 매력적으로 만들어 주는 이유가, 단지 그럴 수 없다는 불가능성 때문이 아닌지 걱정되네요."

그는 멍하고 언짢은 시선으로 그녀를 바라보며 그녀가 잡고 있는 손을 빼냈다. 그리고 "현명하시네요!" 하고 외쳤다.

"참으로 현명하시군요! 혹시 그 말, 알베르트가 한 것 아닙니까? 외교적입니다! 참으로 외교적이군요!"

그녀가 맞받아쳤다.

"그런 말쯤은 누구나 할 수 있습니다. 당신이 가슴속에 품고 있는 소망을 채워 줄 아가씨가 대체 이 넓은 세상에 하나도 없다는 건가요? 마음을 다잡고 한번 찾아보세요. 장담하건대 반드시 찾아내실 겁니다. 그동안 당신은 자신을 제한 속에 가두셨는데, 그 때문에 저는 벌써 오래전부터 걱정해 왔어요. 당신과 우리를 위해서요. 마음을 다잡아 보세요. 여행이라도 하면 기분이 좋아질 겁니다, 반드시 좋아질 거예요. 찾아보세요. 그리고 당신이 사랑할 만한 대상을 발견하세요. 그런 다음 돌아와서 우리 다 함께 진정한 우정의 행복을 누려 봐요."

그가 냉소를 터뜨리며 말했다.

"그 말은 인쇄를 해서 모든 가정교사에게 읽어 보라고 돌리면 좋겠습니다. 친애하는 로테! 저를 조금만 더 가만히 내버려 두세요. 그럼 다 해결될 겁니다!"

"다만 한 가지, 베르테르, 크리스마스이브 전에는 찾아오지 마세요."

그가 막 대답하려 할 때 알베르트가 방에 들어왔다. 두 사람은 냉랭하게 저녁 인사를 나누었으나 어색해져서 방 안을 이리저리 거닐었다. 베르테르가 별로 의미 없는 화제를 꺼냈으나 대화는 금세 끊겼다. 알베르트도 같은 짓을 반복했다. 그런 다음 그는 아내에게 부탁한 일에 대해 물었고,

아직 처리하지 않았다는 대답을 듣자 아내에게 몇 마디 했다. 그 말이 베르테르에게는 차갑게, 아니, 심지어 무뚝뚝하게까지 들렸다. 그는 돌아가고 싶었으나 차마 그러지 못하고 머뭇거리다가 8시가 되었다. 그의 불만과 불쾌감은 점점 더 커졌다. 마침 식사가 준비되자 그는 모자와 지팡이를 집어 들었다. 알베르트가 더 있으라고 권했으나 그는 그것을 그저 겉치레 인사로 여겨 차갑게 답례 말을 하고 자리를 떴다

집에 돌아온 그는 어린 하인이 발길을 비춰 주려고 들고 있던 등불을 받아 들었다. 그리고 혼자 자기 방에 들어가 엉엉 울고, 잔뜩 화가 난 채로 혼잣말을 중얼거리며 격하게 방 안을 돌아다니다가 마침내 옷을 입은 채 침대 위로 몸을 던졌다. 11시경에 하인이 장화를 벗겨 드릴까 물어보려고 들어왔을 때도 그는 여전히 그렇게 누워 있었다. 그는 하인에게 장화를 벗기도록 허락하고 이튿날 아침에는 자신이 부를 때까지 방에 들어오지 말라고 지시했다.

다음의 편지는 월요일인 12월 21일 새벽에 그가 로테에게 쓴 것이다. 이 편지는 봉인된 상태로 그가 죽은 뒤 그의 책상 위에서 발견되어 그녀에게 전달되었다. 그가 이 편지를 쓰게 된 여러 정황을 알려 줄 수 있게 순서에 맞게 여러 개로 나누어 여기에 인용하려고 한다.

결심했습니다, 로테. 저는 죽으려고 합니다. 제가 그대를 마지막으로 보게 될 날 아침에 감정을 낭만적으로 과장하지 않고 차분하게 그 사실을 씁니다. 내 가장 소중한 여인이여, 그대가 이 편지를 읽을 때쯤이면 차가운 무덤이 불안하고 불행한 이 사람의 뻣뻣하게 굳은 주검을 덮고 있을 겁니다. 이자는 생의 마지막 순간에 있어 그대와 말을 주고받는 것보다 더 큰 달콤함은 모릅니다. 저는 끔찍한 밤을 보냈습니다. 하지만 아, 고마운 밤이기도 했습니다. 죽으려는 제 결심을 확실하게 굳혀 준 밤이었으니까요. 어제 저는 모든 감각이 무섭게 분노한 상태로 그대 곁에서 뛰쳐나오고 말았습니다. 그 모든 일이 가슴에 밀려들어 짓눌렀고 아무 희망도 기쁨도 없이 그대 옆에 있는 제 꼴이 차갑게 의식을 사로잡았습니다. 제 방에 들어오자마자 정신없이 털썩 무릎을 꿇고 앉았습니다. 오, 하느님, 이 쓰라린 눈물을 마지막 청량제로 주시는군요! 오만 가지 계획과 전망이 제 영혼 속에서 난무했지만 마지막에 남은 건, 굳건하고 온전하게 남은 건 최후이자 유일한 생각이었습니다. 죽으려 한다는 결심이 그것이었습니다. 그런 다음 잠자리에 누었습니다. 아침에 깨어나 마음이 평온한데도 그 결심은 마음속에 여전히 굳건하고 강력하게 남아 있었습니다. 나는 죽으려 한다! 그것은 절망이 아니라 제가 끝까지 견뎌 냈고 이제 그대를 위해 이 몸을 희생한다는 확신입니다. 그래요, 로테! 어째서 이 사실을 숨겨야겠습니까? 우리 세 사람 가운데 하나는 없어져야 합니다. 제가 그 한 사람이 되겠다는 겁니다! 아, 내 가장 소중한 여인이여! 갈가리 찢어진 이 가슴속에서 자주 미친 듯 날뛰는 생각이 있었습니다. 그대 남편을 죽이자! 그대도! 그리고 나도! 어쨌거나 이제 끝났습니다! 화창한 여름날 저녁때 그대가 산에 오르시거든 그토록 자주 그 계곡을 오르곤 했던 저를 기억해 주세요. 그리고 교회 묘지 너머 제 무덤 쪽으로 시선을 돌려 석양빛 속에 키 큰 수풀이 바람에 나부끼는 광경을 바라봐 주세요. 이 편지를 시작할 때 저는 마음이 평온했는데 지금은 어린아이처럼 울고 있습니다. 이 모든 광경이 제 주위에서 아주 생생하게 보이는 것 같기 때문입니다.

10시경 베르테르는 하인을 불렀다. 그는 옷을 입으면서 하인에게 며칠 후 여행을 떠날 거라고 말했다. 그러니 옷가지를 손질해 두고 필요한 물건을 쌀 수 있도록 준비해 두라고 일렀다. 그리고 또 돈을 지불할 데가 있으면 모두 청구서를 보내 달라고 요청하고 빌려준 책은 전부 회수하며 매주 약간의 돈을 적선해 왔던 몇몇 가난한 사람들에게는 두 달 치를 미리 주라고 지시했다.

그는 식사를 방으로 가져오라고 했다. 식사 후에는 말을

타고 관리관에게 갔으나 관리관은 집에 없어 만나지 못했
다. 그는 깊은 생각에 잠겨 그 집 정원에서 이리저리 거닐었
다. 마지막으로 모든 슬픈 추억을 마음속에 쌓아 두려는 듯
보였다.

아이들이 그를 오랫동안 가만히 내버려 두지 않았다. 아
이들이 그의 뒤를 따라다녔고 그의 몸에 뛰어올라 매달렸
으며 내일모레, 그리고 또 하루만 더 지나면 로테의 집에 가
서 크리스마스 선물을 받아 올 거라는 얘기도 했다. 꼬마들
은 또 어린 상상력으로 기대할 수 있는 기적도 얘기했다. 베
르테르가 외쳤다.

"내일! 모레! 그리고 또 하루만 더 지나면!"

그리고 아이들 모두에게 다정하게 뽀뽀해 주고 그 자리
를 떠나려 했다. 바로 그때 막내가 그에게 뭔가 귓속말을 하
려고 했다. 막내가 털어놓은 비밀은 형들이 멋진 연하장을,
아주 커다란 연하장을 써 놓았는데, 하나는 아빠에게, 하나
는 누나와 매형에게, 그리고 또 하나는 베르테르 아저씨에게
줄 텐데 새해 첫날 아침에 전해 주려고 한다는 것이었다. 그
는 감정이 복받쳐서 아이들 하나하나에게 조금씩 돈을 주
고 말에 올라타서는 아버지께 인사를 전해 달라고 부탁하
고서 눈물이 그렁그렁한 눈으로 그곳을 떠났다.

그는 5시경에 집에 돌아와 하녀에게 난롯불을 살펴보고

밤중까지 꺼지지 않게 돌보라고 지시했다. 하인한테는 아래
층에 있는 책과 속옷을 트렁크에 넣고 겉옷은 보자기에 싸
서 꿰매 두라고 명령했다. 그러고 난 뒤에 그는 아마도 로테
에게 보내는 마지막 편지의 다음 단락을 썼던 것 같다.

그대는 제가 나타나리라는 생각은 아예 하지 않겠지요!
제가 그대 말에 따라 크리스마스이브에나 다시 찾아가리
라 생각하겠지요! 오, 로테! 오늘 아니면 다시는 보지 못
할 겁니다. 크리스마스이브에 그대는 이 편지를 손에 들고
벌벌 떨면서 다정한 눈물로 적실 겁니다. 저는 결행하려
하고, 결행할 수밖에 없습니다! 아, 결심하고 나니 얼마나
편안한지 모르겠네요.

그러는 동안 로테는 묘한 심리 상태에 빠졌다. 베르테르
와 마지막으로 대화한 뒤에 그녀는 그와 헤어진다는 것이
자신에게 얼마나 힘든 일이며, 자기와 헤어진다면 그가 얼마
나 괴로워할지 분명히 느꼈다.

알베르트가 있는 자리에서, 크리스마스이브 전에는 베르
테르가 다시 찾아오지 않을 것이라는 말이 로테 입에서 지
나가듯 흘러나온 적이 있었다. 알베르트는 말을 타고 인근
에 사는 관리에게 갔다. 그와 처리할 일이 있어서 그곳에서

밤을 지내야 했다.

　이제 그녀는 혼자 앉아 있었다. 동생들은 아무도 곁에 없었다. 그녀는 생각에 잠겨 조용히 자신의 상황을 하나하나 따져 보았다. 그녀는 이제 자신이 남편과 영원히 맺어진 사이임을 인식했고 남편의 사랑과 신의도 믿었으며 그녀 역시 남편을 진심으로 좋아했다. 남편의 침착성과 신뢰성은 한 착실한 여자가 일생의 행복을 쌓아 올릴 토대로서 하늘이 정해 준 것같이 보였다. 그녀는 남편이 자신과 앞으로 태어날 자식들에게 영원토록 어떤 존재가 될 것인지도 느끼고 있었다. 다른 한편 베르테르도 그녀에게는 아주 소중한 존재가 되어 있었다. 서로 알게 된 첫 순간부터 이 두 사람의 감성이 일치한다는 것이 아주 아름답게 드러났고, 오래 지속된 그와의 교제와 겪어 온 여러 가지 상황이 그녀의 마음속에 지울 수 없는 인상을 남겼다. 그녀는 재미있다고 느끼고 생각한 것은 무엇이든 그와 공유하는 데 익숙해져 있었으므로, 그가 떠나는 것은 자신의 존재 자체에 다시는 채울 수 없는 빈틈을 만들어 놓을 위험이 있었다. 오, 이 순간 그를 오빠로 변신시킬 수 있다면 그녀는 얼마나 행복할까! 그를 자신의 여자 친구 가운데 하나와 결혼시킬 수 있다면! 그와 알베르트와의 관계도 완전히 원래대로 되돌릴 희망을 가질 수 있다면!

그녀는 여자 친구들을 차례대로 하나씩 머릿속에 떠올려 보았으나 모두 다 뭔가 흠잡을 점을 발견해서 베르테르를 선뜻 내줄 만한 이를 찾아내지 못했다.

이런 생각을 하다가 그녀는 뚜렷이 의식하지는 못했지만 그를 자기 곁에 두고 싶은 마음이 자신의 진심에서 나온 은밀한 욕망이라는 것을 비로소 깊이 느꼈다. 그러면서도 그녀는 그를 곁에 둘 수도 없고, 둬서도 안 된다고 자신을 다그쳤다. 순수하고 아름다우며 평소에는 그다지도 밝고 손쉽게 문제를 극복해 가는 그녀이지만 행복에 대한 전망이 막혔다는 우울한 압박감을 느꼈다. 그녀는 가슴이 답답해졌고 눈앞에는 먹구름이 끼었다.

그러다가 6시 반이 되었다. 그때 그녀는 베르테르가 계단을 올라오는 소리를 들었다. 발걸음 소리와 자신을 찾는 목소리로 누군지 금방 알아챘다. 그녀는 가슴이 방망이질하듯 뛰었다. 그가 찾아올 때 이러는 일은 거의 처음이라고 해도 좋을 것이다. 그녀는 하녀에게 집에 없다고 둘러대라고 하고 싶었다. 그러나 막상 그가 방 안에 들어서자 그녀는 일종의 격정적 혼란 상태에 빠져 외쳤다.

"약속을 안 지키셨군요."

"저는 아무 약속도 하지 않았어요."

그러자 그녀가 대꾸했다.

"그렇더라도 최소한 제 부탁은 들어주셨어야죠. 우리 두 사람 마음의 평온을 위해 부탁했는데."

그녀는 자신이 무슨 말을 하는지 몰랐다. 그리고 그녀는 베르테르와 단둘이 있지 않으려고 몇몇 여자 친구를 불러오라고 하녀를 보내면서도 자신이 무슨 일을 하는지 몰랐다. 그는 가져온 몇 권의 책을 내려놓고 다른 가족의 안부를 물었다. 그녀는 여자 친구들이 오기를 바라기도 했다가 오지 않기를 바라기도 했다. 심부름 보낸 하녀는 두 여자 친구가 오지 못한다는 전갈만 가지고 돌아왔다.

그녀는 하녀에게 일거리를 가지고 옆방에 있으라고 하고 싶었으나 곧 생각을 바꿨다. 베르테르는 방 안에서 이리저리 거닐었고 그녀는 피아노로 가서 미뉴에트 곡을 치기 시작했다. 그러나 연주가 잘되지 않았다. 그녀는 마음을 다잡고 침착하게 베르테르 옆에 앉았다. 그는 늘 하던 대로 소파에 앉아 있었다. 그녀가 물었다.

"읽을거리가 없나요?"

그는 아무것도 가지고 있지 않았다. 그녀가 다시 말하기 시작했다.

"저기 제 서랍 속에 당신이 번역한 《오시안의 노래》 몇 편이 있어요. 아직 읽지 않았어요. 당신이 낭독하는 걸 줄곧 듣고 싶었거든요. 하지만 그 사이 그럴 기회가 없었고 기회를 만들 수도 없었어요."

그는 미소 지으며 원고를 가져왔다. 그가 원고를 손에 들자 온몸에 전율이 일었고 들여다보자 두 눈에 눈물이 가득 고였다. 그는 자리에 앉아 낭독하기 시작했다.

땅거미 지기 시작하는 밤하늘의 별이여, 너는 서쪽 하늘에서 아름답게 반짝이고 찬란한 머리를 구름 밖으로 쳐들며 의젓하게 네 언덕 쪽으로 가는구나. 이 황야에서 무엇을 내려다보느냐? 거센 비바람은 잦아들었고 저 멀리서 급류가 콸콸 흐르는 소리 들린다. 출렁이는 물결이 먼 바위에 부딪혀 철썩인다. 저녁 파리 떼가 윙윙대며 들판 위로 날아간다. 아름다운 별빛아, 무엇을 바라보느냐? 그런데 너는 미소를 지으며 걷고 있구나. 물결이 반갑게 너를 감싸고 네 사랑스러운 머리카락을 감겨 주누나. 고요한 광선아, 잘 가거라. 너 오시안의 영혼에서 나오는 찬란한 빛아, 나타나거라.

이윽고 그 빛이 힘차게 나타난다. 사별한 내 벗들이 보인다. 그들은 지나간 날에 그랬듯 로라로 모여든다. 핑갈이 축축한 안개 기둥처럼 다가온다. 그의 용사들이 그를 에워싸고 있다. 그리고 보아라, 노래하는 음유시인들을! 머리카락이 하얗게 센 울린! 풍채 당당한 리노! 사랑스러운 가인 알핀! 그리고 그대, 부드럽게 탄식하는 미노나! 벗들이여, 셀마 언덕에서 축제를 지낸 뒤로 모습들이 많이 변했구나. 축제 때 우리는 마치 봄바람들이 차례대로 언덕 위로 불어와 나지막이 속살거리는 풀을 이리저리 눕히고 지나가듯이 가왕의 명예를 걸고 겨루었지.

이제 미노나가 아름다운 자태로 나타났다. 내리뜬 눈에는 눈물이 가득했고 언덕에서 불어오는 변덕스러운 바람결에 머리카락이 무겁게 휘날렸다. 그녀가 사랑스러운 목소리를 높이자 용사들은 마음이 침울해졌다. 그들의 눈에 살가르의 무덤이 자주 어른거렸고 창백한 콜마가 머무는 어두운 곳도 자주 보였기 때문이다. 목소리가 아름다운 콜마는 홀로 언덕 위에 버려졌다. 살가르가 오기로 약속했으나 주위가 어두워지기 시작했다. 언덕 위에 홀로 앉아 있는 콜마의 목소리를 들어 보라.

콜마

밤이다! 폭풍우 몰아치는 언덕에 나 홀로 버려졌구나. 산속에는 바람이 윙윙 불어 대고 계류는 바위 아래로 쏟아지며 울부짖는다. 폭풍우 몰아치는 언덕 위에 버려진 이 몸을 비로부터 막아 줄 오두막조차 없구나.

아, 달아, 구름을 헤치고 나오너라. 밤 별들아, 나타나다오. 어떤 빛줄기든 좋으니 내 님이 힘든 사냥을 마치고 쉬고 있는 곳으로 나를 인도해 다오. 시위를 푼 그이의 활이 그이 옆에 놓여 있고 그이의 사냥개들이 코를 킁킁거리며 주위를 맴돌리라. 하지만 나는 물풀이 무성한 강가의 바위 위에 홀로 앉아 있어야만 한다. 강물이 쏴쏴 흐르고 바람은 윙윙거리건만 사랑하는 내 님의 목소리는 들리지 않는구나.

내 님 살가르는 어째서 머뭇거리는가? 약속을 잊었나? 저쪽엔 약속한 그 바위와 그 나무가 있고 이쪽엔 쏴쏴 흐르는 그 강이 있다! 땅거미가 지기 시작하면 그대는 여기에 와 있겠다고 약속하지 않았던가. 아, 내 님 살가르는 어디서 길을 잃고 헤매고 있을까? 나는 자부심 강한 아버지와 오빠를 버리고 그대와 함께 도망치려고 했는데! 우리 두 집안은 오래전부터 원수지간이지만 그대와 나, 우리 두 사람은 원수가 아니오, 오, 살가르여!

바람아, 잠시만 멈추어 다오. 강물아, 잠시만 조용히 있어 다오. 내 목소리가 계곡에 울려 퍼져 나를 찾아오는 그이가 들을 수 있도록. 살가르! 그대를 부르는 게 바로 나라오. 여기 그 나무가 있고 그 바위가 있어요! 살가르! 내 님이여! 내가 여기 있다오. 어찌하여 그대는 머뭇거리며 오지 않나요?

보아라, 달이 뜬다. 강물은 계곡에서 반짝이고 바위들은 회색빛을 언덕 위로 반사하며 솟아 있다. 그런데 저 언덕 위에도 그이의 모습은 보이지 않고, 그이의 개들도 그이 앞에서 달려와 그이가 오는 것을 알리지 않는구나. 나 홀로 여기 앉아 있어야만 한다.

그런데 저 아래쪽 황야에 누워 있는 사람들은 누구일까? 내 님인가? 우리 오빠인가? 오, 벗들이여, 말해 다오. 대답해 주지 않는구나. 내 마음 어찌 이리 불안한가! 아이고, 그들이 죽었구나! 그들의 칼은 싸우다가 피로 물들었네! 아, 오빠, 오빠, 어찌하여 제 님 살가르를 죽이셨나요? 아, 내 님 살가르, 어찌하여 우리 오빠를 죽이셨나요? 둘 다 내게는 참으로 사랑스러운 분이었건만! 오, 그대는 언덕 위의 수많은 전사 가운데 참으로 아름다웠소! 전투가 끔찍했던가 보다. 내가 사랑하는 이들이여, 대답해 주세요! 내 목소리를 들어 주세요! 그러나 아, 그들은 말이 없구나, 영원히 말이 없어! 그들의 가슴은 흙처럼 차가워졌구나!

아, 죽은 이들의 혼령들이여! 언덕의 바위에서건 폭풍우 치는 산봉우리에서건 말 좀 해 주오. 말해 주오. 나 무서워 떨지 않을 테니까요! 그대들 영면을 위해 어디로 가셨나요? 이 산속 어느 동굴 속에서 그대들을 찾아야 하나요? 바람 속에서 어떤 희미한 목소리도 듣지 못하겠고 언덕에서 몰아치는 폭풍우 속에서도 바람을 타고 온 어떤 대답도 들을 수 없네.

나는 비탄에 젖어 여기 앉아 눈물 속에 아침을 기다린다.

그대들, 사자死者들의 벗들이여, 무덤을 파라. 그러나 내가 갈 때까지 무덤을 흙으로 덮지는 마라. 내 삶이 꿈처럼 덧없이 사라질 테니 어찌 나 홀로 살아남으라! 물결이 철썩철썩 바위에 부딪히는 이곳에서 사랑하는 임들과 더불어 지내리라. 언덕 위에 밤이 되고 바람이 황야 위로 불어오면 내 혼령은 바람을 맞으며 임들의 죽음을 애도하겠노라. 사냥꾼은 산막에서 내 목소리를 들으면 내 목소리를 두려워하면서도 좋아하리라. 내 님들을 애도하는 내 목소리는 감미로워야 하니까. 그 두 분은 내게 진정 소중했노라!

오, 미노나, 얼굴에 옅은 홍조를 띤 토르만의 딸이여, 이것이 그대가 부른 노래였다. 우리는 콜마를 위해 눈물을 흘렸고 우리는 마음이 침울했다.

울린이 하프를 들고 등장해 우리에게 알핀의 노래를 들려주었다. 알핀의 목소리는 다정했고 리노의 영혼은 한 줄기 불꽃처럼 타올랐다. 그러나 이제 그들은 벌써 비좁은 유택 안에 누워 있어서 그들의 목소리는 셀마 언덕에서 사라졌다. 언젠가 울린이 사냥에서 돌아왔다. 용사들이 전사하기 전이었다. 그는 알핀과 리노가 언덕 위에서 벌이는 노래 경연을 들었다. 그들의 노래는 부드러웠으나 서글펐다. 그들은 용사 가운데 첫째인 모라르의 전사를 애도했다. 모라르의 영혼은 핑갈의 영혼과 비슷했고 그의 칼 솜씨는 오스카르의 칼 솜씨와 비슷했다. 그러나 모라르 역시 전사했다. 그의 아버지는 슬퍼했고 누이의 눈에는, 훌륭한 용사 모라르의 누이 미노나의 눈에는 눈물이 그렁그렁했다. 미노나는 마치 서쪽 하늘의 달이 폭풍우를 예견하고 예쁜 머리를 구름 속에 숨기듯 울린의 노래 앞에서 뒤로 물러났다. 울린이 부르는 그 비탄의 노래에 나는 하프로 반주를 했다.

리노

바람과 비는 지나갔고 구름도 흩어져 화창한 한낮이다. 쉴 새 없이 움직이는 태양은 달아나면서 언덕을 비춘다. 산속의 계류는 햇빛에 불그레하게 물든 채 계곡으로 흘러내린다. 냇물아, 네 속삭임은 달콤하구나. 그러나 내 귀에 들리는 저 목소리가 더 달콤하다. 죽은 이를 애도하는 알핀의 목소리다. 그는 나이가 많아 고개는 앞으로 구부러졌고 눈물 흘리는 눈은 붉게 충혈되어 있다. 뛰어난 가인 알핀이여, 어찌하여 말없는 언덕 위에 홀로 서 있는가? 어찌하여 마치 숲속에 이는 돌풍처럼, 저 먼 해변의 파도처럼 그토록 애통해하는가?

알핀

리노여, 내 눈물은 죽은 이를 위한 것이고 내 목소리는 무덤에 있는 이들을 위한 것이다. 언덕 위에 있는 그대의 모습 날씬하고 황야의 아들들 가운데 돋보인다. 하지만 그대 역시 모라르처럼 전사할 테고 슬퍼하는 사람들이 그대 무덤 위에 앉아 있게 될 것이다. 이 언덕들도 그대를 잊을 것이고, 그대의 활은 시위가 풀린 채 방 안에 방치되리라.

오, 모라르여, 그대는 산등성이를 달리는 노루처럼 날쌨고 밤하늘의 혜성처럼 무시무시했다. 그대의 분노는 폭풍우 같았고 전투에서 그대의 칼은 황야에 번쩍이는 번개 같았다. 그대의 목소리는 비 온 뒤 불어난 숲 속의 시냇물 소리 같았고, 멀리 떨어진 언덕에서 들려오는 천둥소리 같았다. 그대의 손에 많은 사람이 쓰러졌고, 그대 분노의 불길은 수많은 사람을 집어삼켰다. 그러나 전쟁터에서 돌아오면 그대의 이마엔 얼마나 온화한 기운이 감돌았던가! 그대의 얼굴은 뇌우가 지나간 뒤의 태양 같았고 고요한 밤의 달 같았다. 그대의 가슴은 휘몰아치던 바람 소리 잦아든 호수처럼 잔잔했다.

그러나 이제 그대의 거처는 비좁고 안식처는 어둡구나! 그대의 무덤은 내 발로 재서 세 걸음밖에 안 된다. 아, 지난날 그토록 위대했던 그대여! 윗부분에 이끼 낀 비석 네 개가 그대의 유일한 기념물이다. 잎이 다 떨어진 나무 한 그루, 바람결에 바스락거리는 키 큰 풀이 한때 막강했던 모라르의 무덤을 사냥꾼의 눈에 알려 준다. 그대에겐 그대를 위해 울어 줄 어머니도, 사랑의 눈물을 흘려 줄 여인도 없다. 그대를 낳아 준 여인도 죽었고, 모르글란의 딸도 죽었다.

지팡이에 의지하고 있는 저 사람은 누구인가? 나이가 많아 머리카락은 백발이고 눈은 눈물을 흘려 붉게 충혈된 저 사람은 누구인가? 아, 모라르, 그대의 아버지다. 아들이 그대 하나밖에 없는 아버지다. 그는 전투에서 얻은 그대의 명성을 들었고, 적이 쫓겨 뿔뿔이 흩어졌다는 소식도 들었다. 그는 모라르의 명성을 들었다! 아, 그러나 아들의 부상 소식은 듣지 못했나? 모라르의 아버지여, 엉엉 울어라. 통곡하라. 그러나 그대의 아들은 그대의 통곡 소리를 듣지 못하리라. 죽은 자들의 잠은 깊고 그들의 먼지 쌓인 베개는 낮다. 아들은 영영 그 목소리를 듣지 못하고 그대가 부르는 소리에 깨어나지 못하리라. 아, 언제나 무덤에 아침이 찾아와 잠자는 자에게 깨어나라고 명령하게 될까!

잘 있어라, 인간 중 가장 고귀한 자여, 그대 전쟁터의 정복자여! 이제 전쟁터는 그대를 두 번 다시 보지 못할 것이고, 그대 칼의 섬광은 두 번 다시 어두운 숲 속에서 번쩍이지 않으리라. 그대는 아들 하나 남기지 않았으나 그대의 이름은 노래 속에 보존되어 후세 사람들이 그대에 관한 얘기를 듣게 되리라. 전사한 모라르에 관한 얘기를.

용사들이 슬퍼서 우는 소리가 요란한 가운데 아르민의 가슴 터질 듯한 탄식 소리가 가장 컸다. 그가 상기한 건 아들의 죽음이었다. 아들은 젊은 나이에 전사했다. 명성이 자자한 갈말의 군주 카르모르가 용사 아르민 바로 옆에 앉아 있었다. 카르모르가 물었다.

"어찌하여 아르민의 탄식이 흐느끼는 울음소리 같은가? 여기 울어야 할 일이 무엇인가? 사람의 마음을 녹여 주고 즐겁게 해 주는 노래가 울리지 않는가? 노래는 호수에서 계곡 위로 피어올라 머금은 습기로 만발한 꽃들을 촉촉하게 적시는 부드러운 안개와 같다. 그러나 해가 다시 힘을 얻어 비치니 안개가 걷혔다. 그런데 바다로 둘러싸인 고르마의 통치자 아르민이여, 어찌하여 그토록 애통해하는가?"

'애통해한다!' 내가 애통해하는 게 당연하지. 내 고통의 원인은 사소한 게 아니니까. 카르모르, 그대는 아들도 잃지 않았고, 활짝 핀 꽃 같은 딸도 잃지 않았다. 용맹무쌍한 아들 콜가르도 살아 있고 처녀 가운데 제일 아름다운 딸 아니라도 살아 있다. 오, 카르모르, 그대의 가계는 번창한다. 그러나 이 아르민은 우리 가문의 마지막 남자가 되고 말았다. 아, 내 딸 다우라! 네 침상은 어둡고 무덤 속의 네 잠은 답답할 것이다. 언제 깨어나 노래를 불러 주고 듣기 좋은 목소리를 들려주려느냐? 불어라, 가을바람아! 불어라! 이 어두운

황야에 휘몰아쳐라. 숲 속의 계류야, 콸콸 흘러라! 폭풍우
야, 참나무 꼭대기에서 울부짖어라. 오, 달아, 가끔 구름 사
이로 나타나 창백한 얼굴을 보여 다오. 내 자식들이 죽던 그
끔찍한 밤을 상기시켜 다오. 그 밤에 막강한 용사 아린달이
전사했고, 사랑하는 다우라가 죽었다.

다우라, 내 딸아, 너는 아름다웠다. 푸라의 언덕 위에 뜬
달처럼 예뻤다. 피부는 막 내린 눈처럼 하얗고 목소리는 들
이마시는 공기처럼 달콤했다! 아린달, 네 활은 강력했고 창
은 전쟁터에서 빨랐으며 눈길은 파도 위의 안개 같았고 방
패는 폭풍우 속의 번개 구름 같았다!

전쟁에서 명성을 떨친 아르마르가 찾아와 다우라의 사랑
을 구했다. 다우라는 오래 뻗대지도 않았고, 이들의 친구들
은 한껏 기대에 부풀었다.

오드갈의 아들 에라트는 아르마르에게 원한을 품고 있었
다. 동생이 아르마르의 손에 죽었기 때문이다. 그가 뱃사공
차림으로 변장하고 찾아왔다. 물결을 가르는 그의 나룻배는
아름다웠고, 나이가 많아 곱슬머리는 하얗고 진지한 얼굴
은 평온했다. 그가 말했다.

"처녀 가운데 제일 아름다운 여인이여, 아르민의 사랑스
러운 따님이여, 바다에서 멀리 들어가지 않은 바위에서, 나
무에 열린 빨간 열매가 반짝이는 곳에서 아르마르가 그대

다우라를 기다리고 있습니다. 저는 그분이 사랑하는 여인을 일렁이는 바다 위로 모셔 가기 위해 왔습니다."

그녀는 그를 따라가 아르마르를 불러 보았으나 대답은 바위에 부딪친 메아리밖에 없었다.

"아르마르! 내 님이여! 내 사랑이여! 어이하여 나를 이렇게 불안하게 하는 것이오? 아르나르트의 아들이여, 내 목소리를 들어 주시오. 제발 들어 주시오. 그대를 부르는 사람은 다우라라오!"

배반자 에라트는 웃으며 뭍으로 달아났다. 그녀는 목소리를 높여 아버지와 오빠를 불렀다.

"아린달 오빠! 아버지! 다우라를 구해 줄 사람이 없나요?"

그녀의 목소리는 바다 저편까지 울렸다. 내 아들 아린달이 산등성이에서 사냥감을 들고 거칠게 숨을 쉬며 뛰어 내려왔다. 옆구리에 매단 화살통에서는 화살이 딸그락거렸고 활은 손에 들었다. 진회색 불도그 사냥개 다섯 마리가 주위에 있었다. 그는 유들유들한 에라트를 해변에서 발견하고 붙잡아 참나무에 묶고 허리를 단단히 동여맸다. 결박당한 자의 신음이 허공에 퍼졌다.

아린달은 다우라를 데려오려고 작은 배를 타고 바다에 나섰다. 아르마르가 원한을 품고 달려와서 회색 깃털이 달린 화살을 쏘았다. 화살은 쌩 소리를 내고 날아가 네 심장에 꽂혔다. 아, 아린달, 내 아들아! 배반자 에라트 대신 네가 죽었다. 작은 배가 그 바위에 다다르자 그가 쓰러져 죽고 말았다. 아, 다우라, 오빠의 피가 네 발치에 흥건히 흘렀으니 네 비통함이 오죽했겠느냐!

파도가 작은 배를 박살냈다. 아르마르가 바다에 뛰어들었다. 다우라를 구하거나 스스로 죽으려는 것이었다. 갑자기 돌풍이 언덕에서 파도 속으로 휘몰아쳐서 그가 바닷물에 가라앉더니 다시는 떠오르지 않았다.

나는 홀로 바닷물에 씻기는 바위 위에서 내 딸의 통곡 소리를 들었다. 딸이 울부짖는 소리는 끝이 없고 컸다. 그러나 아버지라는 이 사람은 딸을 구해 줄 수 없었다. 나는 밤새도록 바닷가에 서서 희미한 달빛 아래 딸을 바라보았다. 밤새도록 딸이 울부짖는 소리를 들었다. 바람 소리가 요란해지자 빗줄기가 거세게 산허리를 때렸다. 아침 해가 뜨기 전에 딸의 목소리는 점점 가늘어졌고, 딸은 끝내 바위에 자란 풀 사이에서 부는 저녁 바람처럼 숨을 거두었다. 내 딸은 비통함 속에서 죽었고 이 아비 아르민을 홀로 남겨 놓았다! 내가 전쟁터에서 발휘하던 억센 힘도 사라지고 처녀들 사이에서 뽐내던 자부심도 사라져 버렸다.

산에서 거센 비바람이 휘몰아쳐 오고 북풍이 불어 파도

가 높이 일면 나는 파도 소리 들리는 해안에 앉아 그 끔찍한 바위를 바라본다. 달이 질 때면 나는 자주 내 자식들의 혼령을 본다. 그들은 희미한 달빛 아래 슬프지만 의좋게 돌아다닌다.

로테의 눈에서 쏟아져 나와 꽉 막힌 그녀의 가슴을 뚫어 준 한줄기 눈물 때문에 베르테르의 낭송이 중단되었다. 그는 원고를 내던지고 그녀의 손을 잡으며 비통하기 그지없는 눈물을 흘렸다. 그녀는 다른 손으로 몸을 가누고 두 눈을 손수건으로 가렸다. 두 사람이 받은 감동은 엄청났다. 그들은《오시안의 노래》에 나오는 고귀한 영웅들의 운명에서 자신들의 불행을 느꼈다. 그들은 공감했고 그들의 눈물은 합쳐져 하나가 되었다. 로테의 팔에 닿아 있던 베르테르의 입술과 눈은 뜨겁게 달아올랐다. 그녀는 온몸에 전율이 일었다. 그녀는 몸을 떼어 내려 했으나 괴로움과 연민이 납덩이처럼 짓눌러 마비된 듯 꼼짝할 수 없었다. 그녀는 정신을 가다듬으려고 심호흡을 했다. 그리고 흐느끼면서 그에게 낭송을 계속해 달라고 부탁했다. 마치 천상에서 들려오는 듯한 목소리로 부탁했다! 베르테르는 몸이 떨렸고 가슴은 터질 것만 같았다. 그는 원고를 집어 들고 갈라진 목소리로 다시 낭송하기 시작했다.

어째서 나를 깨우느냐, 봄바람아! 너는 나를 천상의 이슬로 적셔 주겠다는 말로 내 환심을 사려고 하는구나! 하지만 내가 시들 때가 가까이 다가왔고, 내 잎을 떨어뜨릴 폭풍우도 멀지 않았다! 내일 나그네가 올 것이다. 내 아름다웠던 옛 모습을 보았던 나그네가 오리라. 그의 눈은 이 들판을 돌아다니며 나를 찾겠지만, 발견하지는 못하리라.

이 구절의 강렬한 힘이 그 불행한 남자를 덮쳤다. 그는 절망감에 빠진 나머지 로테 앞에 무릎 꿇고 그녀의 두 손을 잡아 자기 눈과 이마에 갖다 대고 꼭 눌렀다. 그가 어떤 끔찍한 계획을 품고 있을지 모른다는 예감이 얼핏 그녀의 뇌리를 스치는 듯했다. 그녀는 정신이 혼란스러워져 그의 두 손을 잡아 자기 가슴에 갖다 대고 꼭 눌렀다. 그녀는 슬픔에 젖은 동작으로 몸을 베르테르 쪽으로 숙였다. 그들의 뜨겁게 달아오른 뺨이 맞닿았다. 그들에겐 온 세상이 사라진 것 같았다. 그는 그녀를 두 팔로 감아 가슴에 꼭 끌어안고 무슨 말인가 하려는 그녀의 떨리는 입술에 미친 듯 키스를 퍼부었다.

"베르테르!"

그녀가 숨이 막힌 것 같은 목소리로 외치며 몸을 돌렸다.

"베르테르!"

그러고는 힘없는 손으로 그의 가슴을 자기 가슴에서 밀어냈다. 그녀는 고결한 감정이 담긴 차분한 어조로 다시 외쳤다.

"베르테르!"

그는 거역하지 않고 그녀를 품에서 놓아주고는 제정신이 아닌 듯 그녀 앞에 몸을 던졌다. 그녀는 벌떡 일어나 사랑과 분노 사이에서 몸을 떨면서 불안하고 혼란스러운 상태로 말했다.

"이것이 마지막입니다, 베르테르! 당신은 두 번 다시 저를 보지 못할 겁니다."

그런 다음 그녀는 사랑이 가득한 눈길로 그 불행한 사람을 바라보며 황급히 옆방으로 들어가 문을 걸어 잠갔다. 베르테르는 그녀를 향해 두 팔을 뻗었으나 차마 그녀를 잡지는 못했다. 그는 머리를 소파에 기댄 채 방바닥에 앉아 있었고, 그런 자세로 30분을 넘게 있다가 무슨 소리가 나서 정신을 차렸다. 방 안에 들어온 건 식탁을 차리려는 하녀였다. 그는 방 안을 서성이다가 다시금 방에 혼자 있다는 것을 알아채고는 옆방 문으로 가서 낮은 목소리로 불렀다.

"로테! 로테! 딱 한 마디만 더! 작별 인사만이라도!"

그녀는 말이 없었다. 그는 기다렸다가 다시 애원하고 또 기다렸다. 마침내 문가에서 몸을 홱 돌리면서 외쳤다.

"안녕, 로테! 영원히 안녕!"

그는 성문에 다다랐다. 이미 그에게 익숙해진 문지기들이 말없이 그를 내보내 주었다. 진눈깨비가 흩날렸다. 그는 11시 무렵에야 비로소 자기 집 문을 두드렸다. 하인은 베르테르가 집에 돌아왔을 때 주인의 모자가 없어진 것을 알았으나 감히 아무 말도 못 하고 주인의 옷을 벗겨 주었다. 옷은 모두 흠뻑 젖어 있었다. 그 모자는 나중에 계곡이 내려다보이는 언덕 벼랑의 바위 위에서 발견되었다. 날씨가 궂고 깜깜한 밤중인데 그가 어떻게 굴러 떨어지지 않고 거기에 올라갔는지는 수수께끼였다.

그는 침대에 누워 오래 잠을 잤다. 이튿날 아침, 그의 하인이 자기 주인이 부르는 소리에 커피를 가져가 보니 그는 편지를 쓰고 있었다. 그는 로테에게 보내는 편지 중 다음 대목을 쓰고 있었다.

이 눈을 뜨는 것도 이번이 마지막입니다. 정말 마지막입니다. 아, 이 눈은 이제 더는 태양을 보지 못할 겁니다. 흐리고 안개 낀 날씨가 해를 가리고 있어요. 자연아, 너도 이렇게 슬퍼해 주는구나! 네 아들이자 친구이고 애인인 내가 이제 종말을 향해 다가가고 있다. 로테, '이것이 마지막 아침이다, 정말 마지막이다!'라고 자기 자신에게 말하

는 심정은 그 무엇과도 비교할 수 없군요. 그렇지만 가물
가물한 꿈결에 가장 가까울 듯싶습니다. 로테, 마지막 아
침! 저는 이 '마지막 아침'이라는 말을 느낄 수 있는 감각
이 없습니다. 제가 지금은 여기 이렇게 제 힘으로 서 있지
않습니까? 그런데 내일이면 축 늘어진 채 사지를 뻗고 땅
바닥에 누워 있게 됩니다. '죽는다'! 그건 대체 무슨 의미
일까요? 아시겠어요, 죽음에 대해 이야기할 때 우리는 꿈
을 꾸고 있는 겁니다. 저는 여러 사람이 죽는 걸 지켜보았
습니다. 하지만 우리 인간은 아주 제한된 존재라 자기의
시작과 끝에 대해서는 아무것도 모릅니다. 저는 아직까지
는 제 것입니다, 아니 그대, 그대 것입니다, 아, 사랑하는
내 님이여! 그런데 한순간 떨어지고 헤어지는 겁니다. 어
쩌면 영원히? 아닙니다, 로테, 아니에요. 제가 어찌 사라질
수 있겠습니까? 그대가 어찌 사라질 수 있었어요? 우리는
이렇게 존재하고 있어요! '사라진다'! 그건 무슨 뜻일까요?
그것은 또다시 제 가슴에 아무런 느낌도 주지 못하는 말,
공허한 소리에 불과합니다. 로테, 죽는다, 그건 차가운 땅
속에 묻히는 겁니다! 그렇게 좁고 깜깜한 곳에! 제게 여자
친구가 하나 있었습니다. 의지할 데 없던 젊은 시절 제 모
든 것이던 사람이었습니다. 그런데 그녀가 죽었어요. 저는
그녀의 주검을 따라가 무덤가에 서 있었습니다. 사람들
이 관을 내리고 관을 받치던 밧줄을 쓰르륵 빼내 다시 당

겨 올리는 모습을 지켜보았습니다. 그런 다음 첫 삽의 흙을 휙 던져 넣자 안타깝게 좁은 관 뚜껑에 떨어져 둔탁한 소리가 났습니다. 갈수록 소리는 둔탁해졌고 마침내 관이 완전히 덮여 버렸습니다. 저는 무덤가에 쓰러지고 말았습니다. 슬픔이 사무치고 크나큰 충격을 받았으며 가슴이 옥죄고 찢어질 것 같았지요. 그러나 제게 무슨 일이 벌어졌는지는 알지 못했습니다. 앞으로 제게 무슨 일이 벌어질지도 몰랐습니다. 죽는다! 무덤! 저는 이 말들을 이해할 수 없었습니다!

오, 저를 용서해 주세요. 제발 절 용서해 주세요. 어제 일을! 그것이 제 일생의 마지막 순간이어야 했습니다. 아, 그대, 천사여! 로테가 날 사랑한다! 그녀가 날 사랑한다! 이 희열의 감정이 처음으로, 난생처음으로 조금도 의심할 여지없이 제 마음 가장 깊숙한 곳까지 두루두루 타올랐습니다. 그대 입술에서 번져 온 신성한 불꽃이 아직도 제 입술 위에서 타고 있습니다. 제 가슴에는 뜨거운 환희가 새롭게 솟아납니다. 저를 용서해 주세요. 부디 용서해 주세요.

아, 저는 그대가 절 사랑한다는 것을 알았습니다. 정이 가득한 첫 눈길에서, 첫 악수에서 그걸 알아차렸습니다. 그렇지만 제가 다시 그대 곁을 떠났을 때, 알베르트가 그대 곁에 있는 것을 보았을 때 저는 다시 열병 같은 의심에 빠져 용기를 잃고 말았습니다.

언젠가 고약한 모임에서 그대가 제게 한마디 말도 건네지 못하고 손을 내밀지도 못했을 때 제게 보내 주신 꽃들을 기억하십니까? 오, 저는 그 꽃 앞에 무릎 꿇고 앉아 거의 밤을 새웠습니다. 그 꽃은 제게 그대의 사랑을 확인해 주었습니다. 아, 그러나 그런 인상들은 사라져 버렸습니다. 마치 신자가 성스러운 계시를 직접 목격하고 하느님의 은총을 넘치도록 받았으면서도 그 느낌이 그 신자의 영혼에서 다시 사라지는 것과 같습니다.

그 모든 것은 덧없이 사라지겠지만, 제가 어제 그대 입술에서 맛보았고 지금도 가슴속에서 생생하게 느끼고 있는 저 활활 타오르는 생명의 불꽃은 영원히 꺼지지 않을 것입니다! 그녀가 나를 사랑한다! 이 팔은 그녀를 껴안았고 이 입술은 그녀의 입술 위에서 떨었으며 이 입은 그녀 입에서 무슨 말인가 더듬거렸다. 그녀는 내 사람이다! 그대는 내 사람이오! 그렇습니다, 로테, 영원히 내 사람입니다. 알베르트가 그대 남편이라는 게 무슨 대수입니까? 남편이라! 이 세상에서는 그렇겠지요. 제가 그대를 사랑하고, 그대를 그 사람의 품에서 내 품으로 빼앗아 오고 싶다는 것은 이 세상에서는 죄악이겠지요? 죄악이라고요? 그렇다면 좋습니다, 그 대가로 제 자신에게 벌을 내리겠습니다. 저는 그 죄악을 통해 천상의 환희를 속속들이 맛보았고 생명의 향유와 원기를 가슴속으로 빨아들였습니다. 이 순간부터 그대는 내 사람입니다! 오, 로테, 내 사람이라고요! 제가 먼저 가겠습니다! 제 아버지께, 그대 아버지께 가겠습니다. 그리고 하느님께 하소연하겠어요. 그러면 하느님은 그대가 올 때까지 기다리라고 저를 달래 주실 겁니다. 그리고 그대가 오면 저는 그대를 향해 날아가 그대를 꼭 잡고 무한한 신께서 지켜보시는 가운데 그대를 영원히 품 안에 품고 있겠습니다.

저는 꿈을 꾸는 것도 아니고 망상을 하는 것도 아닙니다! 무덤에 가까워질수록 마음이 더욱 밝아집니다. 우리는 그곳에서도 존재할 겁니다! 우리는 다시 만날 겁니다! 그대 어머니도 만날 겁니다! 그분을 찾아내 만나겠습니다. 그리고 아, 그분께 이 마음을 남김없이 털어놓으렵니다! 그대 어머니, 그대가 판박이로 닮은 그분께!

11시경 베르테르는 하인에게 혹시 알베르트가 돌아왔느냐고 물었다. 하인은 그가 말을 타고 지나가는 것을 보았으니 돌아왔을 것이라고 대답했다. 그러자 베르테르가 하인에게 봉인하지 않은 쪽지를 건넸다. 그 내용은 다음과 같다.

제가 여행을 떠나려고 하는데 권총을 빌려주시겠습니까? 안녕히 계십시오.

그 사랑스러운 여인 로테는 간밤에 거의 잠을 이루지 못했다. 그녀가 염려해 오던 일이 예측하지도 우려하지도 않은 방식으로 정해져 버렸다. 평소에는 그토록 깨끗하고 막힘없이 흐르던 그녀의 피가 분노로 열병에 걸린 듯 들끓었고 수많은 느낌이 그 아름다운 마음을 마구 뒤흔들어 놓았다. 그녀가 마음속에서 느끼는 불길이 베르테르의 포옹에서 나온 것이었을까, 그의 무례한 행동에 대한 불쾌감이었을까? 아니면 거리낌 없이 자유롭고 순진하며 아무 걱정 없이 자신을 믿던 지난 시절과 현재 상태의 비교에서 오는 언짢음이었을까? 남편을 어떻게 대할 것인가? 고백해도 될 것 같지만, 차마 엄두가 나지 않는 그 장면을 어떻게 털어놓는단 말인가? 그들 부부는 피차 오랫동안 베르테르에 대해선 이야기하지 않았다. 그런데 먼저 침묵을 깨고 이처럼 부적절한 때에 전혀 예기치 않은 그런 일마저 이야기해야 할까? 베르테르가 찾아왔었다는 말만으로도 남편은 언짢은 인상을 받을 텐데, 게다가 그런 뜻밖의 불상사까지 털어놓을 생각을 하니 덜컥 겁이 났다! 남편이 자기를 전적으로 올바르게 보아 주고 아무런 선입견 없이 자기 말을 받아들여 주기를 바랄 수 있을까? 자기의 속마음을 제대로 읽어 주기를 바랄 수 있을까? 그러다가 이런 생각도 들었다. 지금껏 언제나 남편을 투명한 수정유리처럼 솔직하고 자유롭게 대해 왔으며 남편에게 그 어떤 감정도 숨긴 적 없었을뿐더러 숨길 수도 없었다. 그런데 이제 와서 어떻게 그런 남편에게 자신을 위장할 수 있겠는가? 이렇게 생각해도 저렇게 생각해도 괴롭고 당혹스러웠다. 그러는 와중에도 베르테르에 대한 생각이 머리에서 떠나지 않았다. 이제 그녀에게 그는 잃어버린 사람이지만 그녀는 그를 놓아줄 수 없었다. 안타깝지만 그를 그자신에게 맡겨 둘 수밖에 없었다. 만약 로테를 잃는다면 그에게는 아무것도 남아 있지 않을 테지만.

그 순간에는 분명히 의식하지 못했지만, 남편과 베르테르 사이에 굳어진 꽉 막힌 관계가 로테 자신의 마음을 얼마나 무겁게 짓누르고 있었던가! 그토록 분별 있고 선량한 사람들이 어떤 내밀한 의견 차이로 말을 주고받지 않기 시작하더니 제각각 자신의 옳은 점과 상대방의 옳지 않은 점만 생각하게 되었다. 이런 사정은 더욱 꼬이고 증폭되어서 결국모든 것이 달린 그 결정적인 순간에 매듭을 풀 수 없는 지경에 이르고 말았다. 만약 그들이 행복한 친밀감을 통해 좀더 일찍 서로를 믿고 허물없이 다가갔더라면, 그들 사이에우정과 관용이 살아나 마음을 열 수 있었을 것이다. 그러면혹시 우리 친구 베르테르를 구할 수 있었을지도 모른다.

이런 형편에 특별한 사정이 또 하나 더해졌다. 우리가 그의 편지에서 알 수 있듯이 베르테르는 세상을 떠나고 싶다는 갈망을 숨기지 않았다. 알베르트는 자주 그의 그런 생각에 이의를 제기했고, 로테와 남편 사이에서도 가끔 그 문제를 두고 말이 오가기도 했다. 알베르트는 자살이라는 행위에 단호히 반감을 가졌던 만큼, 그런 계획의 진정성을 심히 의심할 만한 이유가 있음을 자신의 평소 성격과는 달리 다소 신경질적으로 자주 내비치기도 했다. 그는 심지어 베르테르의 계획에 대해 이런저런 농담까지 하며 믿을 수 없음을 로테에게 말하기도 했다. 그녀의 생각이 자살이라는 슬픈 이미지를 떠올릴 때면 남편의 이런 견해가 한편으로는 그녀를 안심시켜 주기도 했지만, 다른 한편으로는 그 순간에 자신을 괴롭히는 걱정을 남편에게 털어놓을 수 없다는 사실을 느끼게 만들기도 했다.

알베르트가 돌아왔고 로테는 황망하게 남편을 맞이했다. 일을 마무리하지 못한 탓에 그의 안색은 밝지 않았다. 그는 이웃 마을의 관리관이 고집불통에 옹졸한 사람이라는 것을 알게 된 데다, 길 사정도 나빠 기분이 더욱 언짢았다.

그는 로테에게 별일이 없었는지 물었다. 그녀는 베르테르가 어제저녁에 찾아왔다고 너무 성급하게 대답했다. 또 그는 편지가 오지 않았는지 물었고, 편지 한 통과 소포들을 자기 방에 놓아두었다는 대답을 들었다. 그가 자기 방으로 가자 로테는 혼자 남았다. 사랑하고 존경하는 남편이 집에 있다는 사실이 그녀의 마음에 새로운 인상을 심어 주었다. 남편은 아량이 넓고 자기를 사랑하며 마음씨도 선량하다는 생각에 그녀는 기분이 한결 가라앉았고, 은근히 남편을 뒤따라가고 싶은 마음이 일었다. 그녀는 늘 하던 대로 일거리를 챙겨 들고 남편 방으로 향했다. 남편은 소포를 풀어놓고 편지를 읽고 있었다. 그리 달갑지 않은 내용도 더러 들어 있는 것 같았다. 그녀는 남편에게 몇 가지 질문을 했는데, 그는 그저 건성으로 대답하고는 뭔가를 쓰기 위해 책상으로 갔다.

그들은 이런 식으로 한 시간가량 함께 있었다. 로테는 갈수록 마음이 어두워졌다. 남편의 기분이 아무리 최상일 때라도 그녀 자신의 가슴을 짓누르고 있는 일을 남편에게 털어놓기란 몹시 어려웠다. 그녀는 기분이 울적해졌다. 그리고 그런 기분을 숨기고 눈물을 삼키려 애쓸수록 울적한 기분에 더해 불안해지기까지 했다.

베르테르의 어린 하인이 나타나자 로테는 더할 수 없이 당황스러웠다. 하인이 알베르트에게 쪽지를 건네주었다. 그는 침착하게 아내 쪽으로 몸을 돌리며 말했다.

"이 아이에게 권총을 내주구려."

그리고 하인에게 말했다.

"여행 잘하시라고 전해 드려라."

그 말에 그녀는 마치 벼락을 맞은 것 같았다. 그녀는 비틀

비틀 일어났다. 그녀는 자신에게 무슨 일이 벌어지는지 똑바로 의식하지 못했다. 그녀는 천천히 벽으로 가서 몸을 떨며 권총을 집어내려 먼지를 닦으면서 머뭇머뭇했다. 알베르트가 왜 그러느냐는 눈길로 재촉하지 않았더라면 그녀는 오래 머뭇거렸을 것이다. 그녀는 그 불길한 연장을 하인에게 건네주면서 아무 말도 할 수 없었다. 하인이 나가자 그녀는 일거리를 챙겨서 이루 형언할 수 없이 불안한 마음으로 자기 방으로 건너갔다. 그녀 마음속에는 온갖 끔찍한 예감이 들었다. 남편의 발치에 엎드려 어제저녁의 일이며 자신의 잘못이며 불길한 예감이며 그 모든 것을 다 털어놓고 싶은 심정이었다. 그러나 곧바로 그렇게 하더라도 아무 결과도 얻지 못하리라는 생각이 들었다. 베르테르를 찾아가 보도록 남편을 설득하는 것도 가망이 없어 보였다. 그러는 가운데 식탁이 차려졌다. 로테와 친한 한 여인이 뭔가를 물어보러 잠시 찾아왔다가 머무르고 있었기에 식사 자리의 대화 분위기는 그런대로 괜찮았다. 로테는 억지로라도 말을 꺼내고 이야기하면서 자기 자신을 잊으려 했다.

베르테르의 어린 하인은 권총을 가지고 주인에게 돌아왔다. 로테가 권총을 건네주었다는 아이의 말에 그는 매우 기뻐하며 총을 받았다. 그는 하인에게 빵과 포도주를 방으로 가져오라고 하면서 하인에게도 가서 식사를 하도록 일렀다.

그런 다음 그는 자리에 앉아 편지를 쓰기 시작했다.

이 권총은 그대 손을 거쳤고 그대가 먼지를 닦기도 했다더
군요. 저는 이 권총에 수없이 키스합니다. 그대 손길이 닿
은 것이니까요! 성령이시여, 이렇게 제 결심을 도와주시
는군요. 그리고 로테, 그대가 제게 결행할 도구를 전해 주
네요. 저는 그대 손에서 죽음을 받기를 간절히 바랐는데,
아, 지금 받는군요. 오, 제 어린 하인에게 꼬치꼬치 캐물었
습니다. 그대는 권총을 건네주면서 몸을 떨었다더군요. 하
지만 잘 가라는 작별 인사는 하지 않았다고요! 슬프군요!
마음이 아파요! 작별 인사도 없다니! 저를 영원히 그대에
게 묶어 둔 그 순간 때문에 제게 마음을 닫아 버려야 합
니까? 로테, 천년이 흘러도 그때의 인상은 지워지지 않습
니다! 그리고 그대를 향해 이토록 활활 타오르는 남자를
그대가 미워할 수 없다는 것을 저는 느낍니다.

식사를 마친 후 베르테르는 어린 하인에게 모든 짐을 완
전히 싸도록 이르고 많은 서류들을 찢었으며, 외출해서 아
직 남아 있는 자잘한 빚들을 정리했다. 그는 집에 돌아왔다
가 다시 비가 오는데도 성문을 나가 백작의 정원에 들어갔
고, 이어서 인근 지역을 돌아다니다가 땅거미가 질 무렵 집
에 돌아와 편지를 썼다.

빌헬름, 나는 마지막으로 들과 숲, 그리고 하늘을 바라보았다. 너도 잘 지내기 바란다. 사랑하는 어머니, 이 아들을 용서해 주십시오. 빌헬름, 어머니를 위로해 드리기 바란다. 하느님께서 어머니와 네게 축복을 내려 주시기 바란다. 내 물건은 모두 정리되었다. 어머니와 너, 잘 살기를! 우리 언젠가 더 즐거운 모습으로 다시 만나게 될 것이다.

알베르트, 이 배은망덕한 놈을 용서해 주기 바란다. 나는 네 가정의 평화를 깨트리고 부부 사이에 불신을 조장했다. 잘 살기 바란다. 나는 이제 이 모든 걸 끝내려고 한다. 아, 내 죽음을 통해 너희 부부가 행복해지기를! 알베르트! 알베르트! 천사 같은 아내를 행복하게 해 줘. 그리고 하느님의 축복이 항상 너와 함께하길 빈다.

그날 저녁 베르테르는 서류들을 많이 뒤적였고 많은 것들을 찢어 난로에 집어넣었으며 소포를 몇 개 꾸려 빌헬름의 주소를 적어 넣고 봉인했다. 거기에는 짧은 논문과 단상을 적은 것들이 있었는데, 나는 그 가운데 여러 개를 읽어보았다. 10시에 그는 하인을 불러 난로에 땔감을 더 넣도록 시키고 포도주 한 병을 가져오게 한 다음 잠자리에 들라며 내보냈다. 하인의 방은 그 집 다른 사람들의 침실과 마찬가지로 뒤쪽으로 제법 떨어진 곳에 있었다. 하인은 이튿날 아침 일찍 주인을 거들고자 옷을 입은 채 잠자리에 들었다. 우편 마차가 6시 전에 집 앞에 대기할 것이라고 주인이 말했기 때문이다.

밤 11시 지나서

제 주위의 모든 것이 아주 조용하고 제 마음도 아주 차분합니다. 하느님, 이 마지막 순간에 이런 따스함과 힘을 주시니 감사합니다.

내 님이여, 저는 창가에 가서 휘몰아치며 나는 듯 지나가는 구름 사이로 영원한 하늘의 별들이 점점이 떠 있는 모습을 하염없이 바라봅니다! 그래, 너희는 떨어지지 않으리라! 영원한 신께서 너희를 가슴에 품어 주시고 나도 품어 주실 것이다. 저는 별자리 가운데 제일 좋아하는 수레끌채 모양의 북두칠성을 바라보고 있습니다. 밤에 그대와 헤어져 그대의 집 대문을 나서면 저 별이 건너편 하늘에 떠 있곤 했습니다. 저 별을 자주 쳐다보면서 얼마나 황홀경에 빠졌던가! 얼마나 자주 두 손을 쳐들고 저 별을 그 당시 누리던 행복의 징표로, 성스러운 표지로 삼았던가! 그리고 또……. 오, 로테, 제게 그대를 상기시켜 주지 않는 것이 있겠습니까! 그대가 저를 에워싸고 있잖습니까! 성스러운 그대가 손댄 것은 무엇이건 아무리 사소한 것이라도 어린아이처럼 만족할 줄 모른 채 모조리 끌어모으지 않았습니까!

그대의 사랑스러운 실루엣 그림! 로테, 그것을 그대에게 유품으로 드릴 테니 소중히 아껴 주시기 바랍니다. 제가 집에서 나갈 때나 돌아올 때나 수없이 입을 맞추고 눈인 사를 했던 그림입니다.

그대의 부친께 쪽지를 써서 제 시신을 보호해 주십사 부탁드렸습니다. 공동묘지에는 들판 쪽 후미진 구석에 보리수나무가 두 그루 있는데 저는 그곳에서 쉬고 싶습니다. 부친께서는 생전에 가깝게 지내던 사람을 위해 그렇게 해주실 수 있고 또 해 주실 겁니다. 그대도 청을 드려 주시기 바랍니다. 독실한 기독교인들더러 이렇게 가련하고 불행한 사람 옆에 묻히라고 할 수는 없으니까요. 마음 같아선 그대들이 저를 길가나 외딴 골짜기에 묻어 주었으면합니다. 그러면 사제나 레위 사람들은 제 묘비 앞에서 성호를 긋고 지나가고, 사마리아 사람은 눈물이라도 한 방울 흘리겠지요.[48]

자, 로테! 저는 두려움에 떨지 않고 차갑고도 끔찍한 잔을 들어 죽음이라는 도취를 마시겠습니다! 그대가 그 잔을 건네주셨으니 두려워하지 않겠어요. 모든 것! 모든 것! 이렇게 제 삶의 모든 소원과 희망이 다 이루어지는 겁니다! 이렇게 담담하고 이렇게 고집스럽게 죽음으로 들어가는 청동 같이 단단한 문을 두드립니다.

제가 그대를 위해 죽을 수 있는 행운을 누리게 되었네요!

---

48 〈누가복음〉 10장 30~37절 참조. 교조적인 기독교에 대한 비판이자, 비교조적이고 감성적인 사람들에 대한 호소다.

로테, 그대를 위해 이 몸을 바칠 수 있게 되었어요! 그대에게 삶의 안정과 희열을 되찾아 줄 수만 있다면 저는 용감하게, 기쁘게 죽으렵니다. 아, 그러나 사랑하는 사람을 위해 피를 흘리고, 죽음으로써 친구들에게 수백 배의 새로운 삶의 불꽃을 지펴 주는 것은 극소수의 고귀한 사람에게만 주어진 행운입니다.

로테, 저는 이 옷을 입은 그대로 묻히고 싶습니다. 이 옷은 그대 손길이 닿아 신성해졌기 때문입니다. 그대 아버님께도 그렇게 부탁드렸습니다. 제 혼령이 관 위를 떠돌 겁니다. 제 옷 호주머니를 뒤져서 물건을 꺼내지 못하게 해 주세요. 제가 동생들과 함께 있는 그대를 처음 보았을 때 그대가 가슴에 달고 있던 이 연분홍 리본을 못 꺼내게 해 주세요. 아, 동생들에게 많이 많이 뽀뽀해 주시고 이 불행한 친구의 운명을 얘기해 주세요. 사랑스러운 아이들! 아이들이 지금도 제 주위에서 와글대는 듯합니다. 아, 제가 얼마나 단단히 그대에게 매어져 있었는지! 첫 순간부터 그대를 놓아줄 수 없었어요! 이 리본을 저와 함께 묻어 주세요. 그대가 제 생일에 주셨던 선물입니다! 이 모든 것을 얼마나 꼼꼼히 모았던지! 아, 제 길이 저를 여기로 이끌고 올 줄은 생각하지 못했습니다! 안정을 되찾으세요. 제발 부탁이니 평안하셔야 합니다.

권총은 장전되어 있습니다. 시계의 종이 12시를 알리는군요! 자, 이제 때가 되었습니다! 로테! 로테! 잘 있어요! 안녕!

한 이웃 사람이 탄약의 불빛을 보고 총성을 듣긴 했으나 사방이 잠잠해서 더는 주의를 기울이지 않았다.

아침 6시에 하인이 등불을 들고 방에 들어와 보니, 바닥에 주인이 누워 있고 권총이 떨어져 있었으며 피가 흥건했다. 그는 주인 몸을 붙잡고 흔들며 소리쳐 불러 보았으나 대답은 없었다. 목에서 그저 그렁그렁하는 소리가 날 뿐이었다. 하인은 부리나케 달려가 의사를 부른 다음 알베르트에게 달려갔다. 초인종 소리에 로테는 사지가 와들와들 떨렸다. 그녀가 남편을 깨워 함께 자리에서 일어났다. 하인은 엉엉 울며 더듬더듬 비보를 전했다. 로테는 의식을 잃고 남편 앞에 쓰러졌다.

의사가 와 보니 이 불행한 이는 가망 없는 상태로 방바닥에 누워 있었다. 맥박은 아직 뛰고 있었으나 사지는 이미 모두 마비되어 있었다. 오른쪽 눈 윗부분에 총을 쏘아 탄환이 머리를 관통했고 뇌수가 흘러나왔다. 팔뚝의 동맥을 째고 사혈을 해 보았지만 불필요한 짓이었다. 피는 계속 흘러나왔고, 숨은 아직 붙어 있었다.

안락의자 팔걸이에 피가 묻은 것으로 보아, 베르테르는 책상 앞에 앉은 채 결행을 했던 것으로 짐작할 수 있었다.

그런 다음 방바닥에 쓰러져 경련을 일으키며 의자 주위를 뒹군 것으로 보였다. 기력이 다한 그는 얼굴은 창문을 향한 채 바닥에 등을 대고 누워 있었다. 파란 연미복에 노란 조끼를 받쳐 입은 완전한 정장 차림에 장화를 신고 있었다.

그 집은 물론 이웃과 온 시내가 발칵 뒤집혔다. 알베르트가 방에 들어왔다. 그 사이에 사람들이 베르테르를 침대에 눕혔고 이마를 동여맸다. 그의 얼굴에는 이미 사색이 완연했고 사지는 꼼짝도 하지 않았다. 허파에서 그렁그렁 가쁘게 숨 쉬는 소리가 약해졌다 강해졌다 반복하며 끔찍하게 났다. 그의 임종을 기다릴 수밖에 없었다.

베르테르는 하인이 가져왔던 포도주를 한 잔만 마셨다. 《에밀리아 갈로티》[49]가 펼쳐진 채 책상 위에 있었다.

알베르트가 받은 당혹과 충격, 로테의 비통함에 대해서는 따로 얘기하지 않겠다.

노 관리관이 소식을 듣고 부리나케 달려왔다. 그는 죽어가는 사람에게 뜨거운 눈물을 흘리며 키스했다. 관리관의 큰 아들들이 곧 아버지 뒤를 따라와 참을 수 없이 고통스러운 표정으로 침대 옆에 주저앉아 베르테르의 두 손과 입에 입을 맞췄다. 베르테르가 항상 가장 사랑했던 맏이는 그의 입술에 달라붙어 떨어질 줄 몰라 그가 숨진 후 사람들이 억

---

49   Emilia Galotti. 18세기 독일 작가 레싱(Lessing)의 비극. 여주인공은 자신의 정조를 지켜 윤리적 구원을 얻는 길은 죽음밖에 없다고 본다.

지로 떼어 냈다. 그는 정오에 숨을 거두었다. 관리관이 현장에서 조치를 취해서 소동은 일어나지 않았다. 관리관은 밤 11시 무렵 베르테르가 직접 고른 자리에 그를 매장하게 했다. 노 관리관과 아들들은 관을 뒤따랐으나 알베르트는 그러지 못했다. 로테의 생명이 걱정되었기 때문이다. 일꾼들이 운구를 했다. 성직자는 한 사람도 동행하지 않았다.

요한 볼프강 폰 괴테
Johann Wolfgang von Goethe

1749년

8월 28일 프랑크푸르트암마인에서 태어났다. 친가 쪽은 제철업, 숙박업, 와인 등으로 성공, 외할아버지는 프랑크푸르트 시장 역임 등 부유한 지배층 집안에서 나고 자랐다. 아들 교육에 남달랐던 아버지로 인해 3세 때 사립유치원, 5세 때 초등기숙학교에 다녔다.

1756년 7세

천연두에 걸려 집에 돌아와, 이후 가정교사에게 어학, 회화, 승마, 글씨, 악기, 춤 등을 배운다. 어려서 이미 영어, 프랑스어, 이탈리아어, 라틴어, 그리스어, 헤브라이어 등을 할 줄 알았던 조기교육의 산증인 괴테.

1757년 8세

어릴 적 쓴 시가 호평을 받기 시작한다. 현재 전해지는 가장 오래된 시는 할머니에게 신년 인사를 겸해 보낸 작품.

1759년 10세

프랑스군이 프랑크푸르트를 점령했고, 덕분에 프랑스 연극과 미술 등에 눈을 뜨게 된다.

1764년 15세

이웃집의 친척인 연상의 여인 그레트헨과 사랑에 빠진다. 첫사랑의 추억은 《파우스트Faust》 1부 여주인공 이름으로 남는다.

1765년 16세

라이프치히 대학에 입학한다. 아버지의 뜻에 따라 법학 전공을 선택했지만 자신이 좋아하는 문학, 예술 등에 심취한다.

1766년 17세

식당 주인 쉰코프의 딸 케트헨과 사랑에 빠져 연애시를 많이 쓴다.

1767년 18세

전원극 《연인의 변덕Die Laune des Verliebten》을 쓰기 시작한다. 주제는 연인의 질투. 1806년에 출간되었고, 괴테의 극 작품 중 가장 오래된 작품이다.

1768년 19세

케트헨과 헤어진다. 결핵에 걸려 학교를 그만두고 프랑크푸르트로 돌아와 요양한다.

1769년 20세

희곡 《공범자들Die Mitschuldigen》을 완성한다. 잘못된 남자를 선택해 결혼한 여자의 후회를 보여주는 코미디극. 케트헨이 성실한 변호사를 선택한 것에 대한 일종의 복수로 쓴 작품이다. 1777년에 공연으로 올라갔고, 1787년에 책으로 출간되었다.

1770년 21세

아버지의 추천으로 슈트라스부르크 대학에 입학한다. 이 시기에 만난 지인들에게 많은 영향을 받는데, 사상가이자 문화평론가로 그 당시 이미 이름을 떨치고 있던 헤르더도 그 중 한 명이다.

교외 마을 제젠하임에 친구랑 여행을 가다 만난 목사의 딸 프리데리케 브리온과 사랑에 빠진다. 이때 많은 서정시를 썼고 결혼까지 생각했던 그녀와의 이별은 이후 《파우스트》 그레트헨 이야기의 모태가 된다.

시집 《아네테Annette》를 익명으로 출간했다. 케트헨과 사랑에 빠져 쓴 시들이 담겨 있다.

학업을 마치고 고향으로 돌아온다. 아버지는 공무원이 되길 바랐으나 변호사 사무실을 차린다. 그러나 시간이 지날수록 문학 활동에 전념하게 된다. 변호사 일은 제쳐두고 글만 쓰는 아들을 걱정한 아버지는 다시 법 공부를 시키기 위해 고등법원이 있는 베츨라어로 보낸다.

아버지와 떨어져 더욱 문학에 전념할 수 있다는 사실에 기뻐한다. 한 파티에서 19세 샤를로테 부프를 만나 사랑에 빠진다. 매일 밤 그녀의 집으로 찾아갈 정도로 열정적이었으나 친구 케스트너의 연인이라는 것을 알게 된다. 계속 샤를로테에게 편지와 시를 보내도 소용이 없자, 누구에게도 알리지 않고 베츨라어를 떠난다. 프랑크프루트에서 다시 변호사 일을 하지만, 샤를로테 때문에 괴로운 나날을 보낸다. 샤를로테의 결혼날이 가까워오자 자살을 생각하기도 했으며, 실제로 침대 아래에 단검이 있었다고 한다. 그즈음 베츨라어에서 알고 지낸 친구가 유부녀와의 사랑으로 인해 권총 자살을 했다는 소식을 듣고, 자신의 경험을 합쳐 《젊은 베르테르의 슬픔》의 구상을 시작한다.

희곡 《괴츠 폰 베를리힝겐Götz von Berlichingen》의 초고를 집필하기 시작한다. 봉건사회의 신분제를 반대하는 이상주의자 괴츠와 출세를 위해서 무슨 일이든 서슴지 않는 그의 친구 바이슬링겐의 이야기.

1773년 24세

《괴츠 폰 베를리힝겐》으로 독일 내에서 주목 받는 작가가 된다.

- 희곡 《괴츠 폰 베를리힝겐》을 자비로 출간한다.
- 《에르빈과 엘미레Erwin und Elmire》를 쓰기 시작한다. 영국 작가 올리버 골드스미스가 쓴 시에서 영감을 얻은 것으로, 사회적 지위의 차이로 헤어진 에르빈과 엘미레가 다시 서로의 마음을 확인한다는 스토리.
- 시 '프로메테우스Prometheus'를 쓰고, 일생을 바치게 되는 《파우스트》집필을 시작한다.

1774년 25세

《젊은 베르테르의 슬픔》이 나오자마자 젊은이들을 중심으로 열광적인 반응을 얻었다. 주인공 빌헬름의 말투와 그가 입은 옷 스타일이 유행하고, 작품의 영향으로 자살하는 사람이 급증하기도 했다고. 이 작품으로 독일뿐만 아니라 유럽에서 스타작가가 된다.

- 《젊은 베르테르의 슬픔》을 출간한다.
- 희곡 《클라비고Clavigo》를 쓴다. 순수한 소녀 마리와 부와 명예를 위해 사랑하는 그녀를 버리고 떠나는 남자 클라비고의 비극을 그린 작품.

1775년 26세

프랑크푸르트 은행가의 딸인 릴리 쉬네만과 사랑에 빠져 봄에 약혼까지 하지만, 종교와 성격 차이 등으로 가을에 파혼한다. 11월에 칼 아우구스트 공의 초청으로 바이마르를 방문한다. 도착하고 며칠 후 샤

희곡 《스텔라Stella》를 쓴다. 정반대의 성격을 지닌 스텔라와 체칠리에 사이에서 끊임없이 갈팡질팡하는 남자 페르난도의 이야기.

를로테 폰 슈타인 부인을 만나게 된
다. 그녀는 괴테보다 7살 연상으로
이미 7명의 자녀가 있던 여인. 약
12년간 지속된 그녀와의 관계는 괴
테의 작품에 많은 영향을 끼쳤다.

1776년 27세

바이마르에 머물기로 결심한다. 슈
타인 부인과의 관계가 결정적 계기
가 되었다고도 한다. 각료가 되어
정치에 참여하고, 이후 10년 간 정
치에 몰두하며 문학적 공백기를 갖
는다.

1779년 30세

바이마르의 군사위원회, 광산위원   《이피게니에Iphigenie auf Tauris》(산
회, 도로건설위원회의 위원장을 맡   문)를 쓴다.
았다.

1780년 31세

식물학에 관심을 갖고 연구한다. 특   《타소Torquato Tasso》를 집필하기
히 식물의 진화와 변태에 관해 몰   시작한다. 후대에 큰 영향을 끼친
두했다.   위대한 작품을 남겼으나 감금생
활을 하는 등 파란만장한 삶을 보
냈던 이탈리아 시인 타소를 주인
공으로, 그를 적대시하는 정치인
안토니오의 갈등을 그린 작품.

1782년 33세

신성로마제국 황제 요제프 2세에
게 귀족의 작위를 받는다. 이후 이
름에 귀족을 뜻하는 '폰'을 붙여 '요
한 볼프강 폰 괴테'라고 불리게 된

다. 바이마르의 재무장관으로서 경제 발전을 꾀하는 동시에 예나 대학의 인사를 담당해 당시의 여러 지식인을 초빙했고, 바이마르 극장의 총감독으로서 셰익스피어 희곡 등을 상영하기도 했다.
아버지가 사망하였다.

1784년 35세

해부학과 인간의 진화론에 대해 관심을 갖고 연구한다.

1786년 37세

무기한 휴가를 받아 9월에 동경하던 이탈리아로 여행을 떠난다. 출발 때 슈타인 부인은 물론, 누구에게도 말하지 않았고, 이탈리아에서도 이름과 신분을 위장해 다녔다고 한다. 로마, 나폴리, 시칠리아섬 등을 방문했으며, 이탈리아어를 유창하게 구사할 줄 알았기 때문에 현지의 예술가와 교류하며 영감을 얻었다.

1787년 38세

약 10여년 동안 쓴 희곡《에그몬트Egmont》를 완성한다. 스페인으로부터의 독립을 위한 네덜란드 '80년 전쟁'의 영웅인 에그몬트를 주인공으로 한 작품.
── 《이프게니에》(운문)를 완성한다. 에우리피데스의 《타우리케의 이피게네이아》에서 소재를 얻은 작품. 이피게니에는 여사제로 지내면서 야만족의 나라 타우리스와 토아스 왕을 변화시키고, 이후에는 고향 그리스로 무사히 돌아오게 된다는 내용이다.
── 《타소》《파우스트 단편Faust: Ein Fragment》을 계속 집필한다.

1788년 39세

이탈리아 여행에서 돌아온다. 정치와 정치인에게 거리감을 느껴 잠시 정무에서 떠난다. 여행 중에 내놓은 책들이 딱히 판매가 좋지 않자 실망감을 느끼기도 한다. 여행에서 돌아온 직후인 7월, 평민 출신인 23세 크리스티아네 불피우스와 사랑에 빠져 동거를 시작한다. 둘의 신분이 다르다는 것이 사교계의 분노를 사게 되고, 슈타인 부인과 멀어지는 결정적인 계기가 된다.
실러를 예나 대학의 역사학 교수로 초빙한다.

1789년 40세

아들 아우구스트가 태어난다.

1790년 41세

두 번째 이탈리아 여행을 떠난다. 이번에는 몇 개월 만에 돌아온다.

《식물변태론Die Metamorphose de Pflanzen》을 완성하고, 《타소》《파우스트 단편》을 출간한다.

1791년 42세

색채 연구에 몰두하기 시작한다.

1792년 43세

프랑스가 독일에 선전포고를 하고, 프로이센 왕국의 기병대 대장이었던 아우구스트 공과 함께 참전한다.

1793년 44세

프랑스에 점령된 마인츠 포위군에 종군한다.

1794년 45세

실러가 진행하던 문학지 〈호렌〉에 참여하면서 그동안 거리감을 두었던 실러와 급속도로 친해진다.

1795년 46세

《독일 피난민들의 대화Unterhalt-ungen deutscher Ausgewanderten》를 출간한다. 이전해 〈호렌〉에 발표했던 작품으로, 프랑스 혁명 후 이틀 동안의 이야기를 통해 혼란스러운 사회 속 갈등과 대립을 이겨내는 과정을 단편소설 스타일로 풀어낸다.

1796년 47세

실러와 함께 〈크세니엔Xenien〉을 발표한다. 2행으로 된 시 '에피그람'을 통해 당시 분단을 신랄하게 비판했고, 이를 계기로 실러와의 우정은 싶어졌으며 두 사람은 독일문학의 고전주의시대를 확립하게 된다.

소설 《빌헬름 마이스터의 수업시대Wilhelm Meisters Lehrjahre》를 완성한다. 부유한 상인의 아들 빌헬름은 사랑하던 여인 마리아네와 헤어진 후 여행길에 올라 극단에 합류하게 되고, 극단 생활과 공연을 통해 새로운 삶을 살게 된다.

1797년 48세

서사시 〈헤르만과 도로테아Her-mann und Dorothea〉를 발표한다. 이 시는 독일 서민층에게 널리 읽히며 인기를 얻는다.

1799년 50세

《파우스트 단편》 이후로 오랫동안 손을 놓았던 《파우스트》를 실러의 격려를 받고 다시 쓰기 시작한다. 이후 괴테는 실러가 없었다면 《파우스트》는 세상에 나오지 못했을 것이라고 말하기도 했다.

1805년 56세

실러의 사망으로 큰 충격을 받는다. 괴테가 받을 충격을 걱정해 주변 사람들이 바로 부고를 알리지도 못했다고.

1806년 57세

나폴레옹군이 바이마르를 침공한다. 술에 취한 프랑스군이 집에 쳐들어왔으나 크리스티아네 덕분에 목숨을 건진 괴테. 그제서야 그는 20년 동안 호적에 올리지도 않고 있던 크리스티아네를 정식 부인으로 맞는다.

《파우스트》 1부를 완성한다. 악마 메피스토펠레스와 자신의 영혼을 내주는 거래를 한 파우스트를 통해 인간의 욕망을 담은 대서사시.

1807년 58세

18세 미나 헤르츨리프에게 반해 여러 편의 시와 소설을 쓰기 시작한다.

1808년 59세

나폴레옹과의 만남. 전쟁에 나갔을 때도 주머니에 《젊은 베르테르

《파우스트》 1부가 출간된다.

의 슬픔》을 넣고 몇 번을 읽었다는 나폴레옹은 괴테를 만난 것에 크게 감격했다고.
어머니가 사망한다.

1809년 60세

소설 《친화력Die Wahlverwandt-schaften》을 출간한다. 우여곡절 끝에 재혼한 부부 사이에 다른 남녀가 등장하면서 새로운 '친화력'이 생기며 비극을 초래한다는 내용으로, 남녀의 사랑을 원소의 결합과 친화력에 비유했다. 헤르츨리프에 영감을 받아 탄생한 작품.

1810년 61세

색 연구를 정리한 《색채론Zur Farbenlehre》을 발표한다.

1811년 62세

자서전 《시와 진실Dichtung und Wahrheit》1부를 완성한다.

1812년 63세

베토벤과 카를스바트에서 여러 차례 만난다.

《시와 진실》2부를 완성한다.

1814년 65세

《시와 진실》3부를 완성해 출간한다.

1816년 67세

병으로 오랫동안 고생한 아내 크리스티아네가 사망한다.

문화 잡지 〈예술과 고대Über Kunst und Altertum〉을 발간한다. 이 잡지는 1832년까지 총 6권이 발간되었다.

1817년 68세

《이탈리아 기행Italienische Reise》을 출간한다. 30여 년 전 이탈리아 여행을 회상하면서 쓴 기행문.

1819년 70세

만년의 괴테는 문학은 세계적인 시각을 갖추지 않으면 안 된다는 생각에 따라 에머슨 등 많은 다른 나라 작가와 만나고, 바이런에게 시를 보내기도 했으며, 위고, 스탕달 등 프랑스 문학을 읽기도 했다. 또 동양의 문학에도 흥미가 생겨 코란이나 페르시아의 시인 하피즈의 시를 즐겨 읽었다.

《서동시집West-östlicher Divan》을 출간한다. 평소 즐겨 읽은 하피즈의 시에 자극을 받고, 그를 동경해 집필한 시들을 모은 것.

1821년 72세

17세 소녀 울리케 폰 레베초프와 사랑에 빠진다.

《빌헬름 마이스터의 편력시대 Wilhelm Meisters Wanderjahre》의 초판본이 나온다. 《빌헬름 마이스터의 수업시대》 이후 실러의 격려로 쓰기 시작한 속편이다. 빌헬름이 아들 펠릭스와 함께 여러 곳을 여행하고, 다양한 사람들을 만나 교감하고 변화한다는 내용.

1823년 74세 ▬

아우구스트 공을 통해 레베초프에게 구혼을 하지만 거절당한다. 한참 어린 여인에게 실연을 당한 후 〈마리엔바트의 비가〉 등의 시를 쓴다.

1828년 79세 ▬

아우구스트 공이 사망한다.

1830년 81세 ▬

아들 아우구스트가 사망한다.

▬ **1831년 82세**

《파우스트》 2부를 완성한다. 그레트헨과의 비극에 슬퍼하던 파우스트가 노인이 되어 하늘로 올라가기까지, 인간이 겪을 수 있는 모든 고락을 장대하게 담아낸 대작.

1832년 83세 ▬

3월 22일 생을 마감한다. 바이마르 공동묘지의 실러 옆에 묻혔다.

옮긴이 윤도중

서울대학교 인문대학 독어독문학과에서 학사 및 석사 과정을 마친 후 독일 뮌헨대학교와 본대학교, 마인츠대학교에서 수학하고 서울대학교에서 박사 학위를 취득했다. 전북대학교를 거쳐 숭실대학교 독어독문학과 교수로 재직 후 현재 명예교수이다. 저서 《레싱, 드라마와 희곡론》 외에 역서로 《미나 폰 바른헬름, 또는 병사의 행운》, 《현자 나탄》, 《에밀리아 갈로티》, 《유디트》 등이 있다.

허밍버드 클래식M 04

젊은 베르테르의 슬픔

2020년 08월 03일 초판 01쇄 발행
2020년 10월 01일 초판 03쇄 발행

지은이 요한 볼프강 폰 괴테 옮긴이 윤도중

발행인 이규상 단행본사업본부장 임현숙 책임편집 김연주 박은경
편집2팀 박은경 강정민 마케팅실 이인국 전연교 윤지원 김지윤 안지영 이지수
영업지원 이순복 디자인팀 손성규 이효재 경영지원 김하나
펴낸곳 (주)백도씨
출판등록 제2012-000170호(2007년 6월 22일)
주소 03044 서울시 종로구 효자로7길 23, 3층(통의동 7-33)
전화 02 3443 0311(편집) 02 3012 0117(마케팅) 팩스 02 3012 3010
이메일 book@100doci.com(편집·원고 투고) valva@100doci.com(유통·사업 제휴)
블로그 blog.naver.com/h_bird 인스타그램 @100doci

ISBN 978-89-6833-268-5 04850
    978-89-6833-235-7 (세트)

허밍버드는 (주)백도씨의 출판 브랜드입니다.

이 도서의 국립중앙도서관 출판예정도서목록(CIP)은 서지정보유통지원시스템 홈페이지
(http://seoji.nl.go.kr)와 국가자료종합목록 구축시스템(http://kolis-net.nl.go.kr)
에서 이용하실 수 있습니다. (CIP 제어번호: CIP2020029553)